LE MANTEAU D'ARLEQUIN

*Théâtre français
et du monde entier*

Thierry Maulnier

La maison de la nuit

PIÈCE EN TROIS ACTES

PRÉCÉDÉ DE

*La politique
ou la pitié?*

Gallimard

© *Éditions Gallimard, 1954.*

à Jacques Hébertot.

LA POLITIQUE OU LA PITIÉ ?

Ai-je eu tort, en présentant cette pièce au public, d'écrire qu'elle n'était pas politique ? Sans doute allais-je au devant d'un malentendu. Mais l'on va au-devant d'un malentendu, quoi que l'on veuille faire entendre. Politique, bien sûr, la pièce l'est. J'aurais peut-être mieux fait de dire seulement que j'espérais avoir fait en sorte qu'elle ne le fût pas trop, ou qu'elle ne le fût pas seulement. Le théâtre vit de conflits. Il me semble difficile qu'un auteur dramatique puisse au milieu de ce siècle éluder le conflit principal du moment, celui de l'Est et de l'Ouest : car il domine tous les autres aussi bien en imposant sa forme à ceux qui sont de tous les temps qu'en rejetant dans l'insignifiance ou la frivolité ceux qu'on prétendrait poser en dehors de lui. Qu'il soit à ce point dominateur, à ce point envahissant, on peut le regretter. Un bon nombre de nos contemporains se résignent mal à l'impossibilité de préserver contre lui leurs asiles habituels, la pêche à la ligne, le vin blanc sous la tonnelle, l'amour dans une chambre confortable, le théâtre. Un bon nombre de nos contemporains pensent que les heures ouvrables de la journée apportent assez d'ennui, de fatigue et de soucis, que les soirées sont faites pour se détendre, qu'un spectacle dramatique est une petite fête où l'on donne son argent afin d'être diverti, c'est-à-dire détourné, de toute la part désagréable de l'existence. Sans doute n'ont-ils pas tort. D'autres, moins nombreux, leur répondent que le théâtre n'a de dignité, et de sens, qu'autant qu'il offre à l'homme une image de sa propre condition, émouvante ou dérisoire ou l'un et l'autre ensemble, une possibilité de se reconnaître et de s'éprouver dans des figures plus puissamment significatives que celles qu'on croise sans les voir au coin de la rue. Sans doute n'ont-ils pas tort non plus. Le théâtre est ambigu. Il nous délivre de nos obsessions et pourtant il ne nous parle, et ne peut nous parler, que de ce qui nous obsède, ou il cesse aussitôt de nous intéresser. L'échec, l'insatisfaction dans le plaisir, l'angoisse de la jalousie, la fuite du temps, la mort, tout l'immense avortement humain sont son domaine. Il n'en a pas d'autre. Comme tout art, le théâtre est inquiétant. Rassurant aussi, je le veux bien. Ces gens qui sont sur la scène, ce vieux cocu ridicule, cette reine qui meurt ne sont pas vrais. Les Romains de la décadence faisaient jouer les rôles des victimes de tragédie par des condamnés à mort, et les mettaient réellement à mort au dernier acte. Mais cela ne se fait plus. Quand bien même cela se ferait encore, le malheur des victimes sur la scène serait vrai, mais il ne serait pas le nôtre. Les spectateurs du théâtre romain ne pouvaient pas se rassurer en pensant : « Ce condamné qui meurt sur la scène ne meurt pas réellement », mais ils se rassuraient en pensant : « C'est lui qui meurt, et non moi. » L'émotion propre du théâtre est cette émotion complexe où la participation à l'action figurée sur la scène est vécue en même temps qu'elle n'est pas vécue, où le spectateur est tranquillisé dans le moment même où il est touché par l'angoisse : « Ce pourrait être moi et ce n'est pas moi. » Dans le rire même de la comédie, il y a cette souffrance et en même temps ce soulagement : il y a le passage de la peur. Je dis bien : le passage. Elle nous a touchés un instant, et déjà elle s'éloigne, ou nous la chassons.

Donc, nous acceptons l'angoisse dans le divertissement même, et l'angoisse que nous éprouvons dans le divertissement théâtral est une angoisse plus grande que celle que nous avons à vivre, et en même temps plus légère, parce que nous la vivons dans la fiction. Mais voici qu'en abordant un conflit comme celui de l'Est et de l'Ouest, du communisme (avec tout ce qui entre, tout ce que l'on voudra faire entrer dans ce mot) et de tout ce qui, intérêts, peurs, traditions, croyances, survivances, espérances, s'oppose au communisme dans le monde moderne, la fiction théâtrale se charge de la plus lourde, de la plus urgente réalité. Bien sûr, la mort de Bajazet, ou de Hamlet, c'est aussi notre mort. Mais notre mort ne se présentera pas à nous de cette façon-là. Il y a une grande différence entre ce que nous voyons de loin et ce que nous voyons de près. Voici que la fiction théâtrale n'est plus qu'un moyen de nous inviter à considérer l'horizon actuel de notre propre vie et la menace qui le cerne de toutes parts. Le frisson, si frisson il y a, est d'une autre nature. Ces gens habillés comme nous qui se font prendre en passant la frontière interdite dont les journaux nous parlent tous les matins, ils peuvent être nous, ils seront peut-être nous demain. Nous pourrions presque entendre leur cri d'agonie en prêtant l'oreille. Nous pourrions presque leur porter secours : il nous manque pour le faire un peu de résolution et de force, et nous avons nos affaires ici ; mais enfin, si nous le voulions... Le supplice d'Iphigénie ne nous inspire aucune inquiétude en ce qui nous concerne ; on ne sacrifie plus les innocents aux mêmes dieux. Il ne crée en nous aucune mauvaise conscience. De toutes façons, il est trop tard pour intervenir. Mais que des opposants politiques soient condamnés à mort pour sabotage en Pologne, que des militants communistes — cela arrive aussi, bien que cela soit moins fréquent — soient condamnés à mort aux Etats-Unis, cela nous concerne, cela pose des problèmes qui sont nos problèmes. Bien sûr, nous ne pouvons pas plus empêcher les mitrailleuses soviétiques d'ouvrir le feu sur les ouvriers de Berlin en grève que nous ne pouvons empêcher la Saint-Barthélémy. Mais l'impossibilité est d'un autre ordre, et nous le sentons. Chacun de nous est solidaire de toutes les victimes et de tous les coupables, chacun de nous est responsable de toute l'histoire humaine, mais cette menace, et cette culpabilité, rien ne peut faire qu'elles ne soient plus évidentes, plus directement ressenties là où elles sont liées à la pensée : « Il faudrait faire quelque chose », là où elles concernent l'histoire de notre temps.

Je sais bien qu'il y a les faits-divers. Les faits-divers aussi sont d'aujourd'hui, les faits-divers nous touchent de près, les faits-divers témoignent d'un état de choses où des êtres humains que nous côtoyons, auxquels nous pourrions porter secours, sont abandonnés au mal et à la mort, aux passions paniques nées de la faim et de la peur, par une société sur laquelle nous pourrions agir, et que nous pourrions changer. Pourtant, la lecture des faits-divers, qui est l'un des principaux divertissements de l'homme et de la femme d'aujourd'hui, leur donne un plaisir d'autant plus remarquable qu'il s'agit d'événements réels, non de fiction. Mais en dépit de la réalité des événements, l'angoisse ressentie à la lecture des faits-divers reste somme toute agréable parce que le sentiment de la responsabilité du lecteur dans ces événements n'est pas directement perceptible, et parce que si réelle qu'elle soit, l'aventure dramatique vécue par le lecteur dans l'imaginaire s'associe pour ce lecteur au sentiment de sa propre sécurité. Le lecteur du fait-divers ne pense pas : « Cela n'est pas vrai. » Mais il pense : « Cela ne saurait être vrai en ce qui me concerne. » Le sang et les larmes, l'absurde et l'atroce sont figés sur la page imprimée, impuissants et conjurés, pendant que le corps heureux éprouve le contact confortable d'un fauteuil, pendant que la porte est bien close et qu'arrive jusqu'au nez du lecteur l'odeur du pain qu'on grille pour le petit déjeuner. Les catastrophes et les crimes sont des tragédies qui se déroulent pour le lecteur, comme les tragédies du théâtre, de l'autre côté de cette rampe qui sépare la douleur, la démesure et la mort de la vie qui les contemple sans risques et y prend part sans dégâts ; où le soin d'affronter le destin, de manier les armes dangereuses, de défier les lois, d'offenser les dieux terribles est délégué par la commune humanité à des héros ou à des monstres, à des créatures d'exception. Mais la révolution, elle, est peut-être pour demain. On l'a vue se déchaîner déjà à travers des nations qui ressemblaient à la nôtre. Elle n'est peut-être pas imminente. Mais elle pèse de toute sa poussée prometteuse ou menaçante, plus menaçante que prometteuse pour le citoyen solidement établi dans son confort matériel et dans ses idées reçues qui fait le plus gros public des théâtres, sur notre existence de tous les jours. Si elle vient, elle ne viendra pas seulement pour quelques victimes choisies, mauvais garçons ou prostituées de l'autre côté de la barricade, ou pour ces quelques malchanceux que le hasard désigne au couteau d'un fanatique, aux balles d'une femme jalouse, à la colère d'un rival exaspéré. Elle viendra pour tout le monde. On n'aime donc pas y penser lorsque ce n'est pas absolument indispensable, on n'aime surtout pas y penser les soirs où l'on a choisi de se distraire. Je sais bien que la mort, elle aussi, viendra pour tout le monde. Mais elle est un inévitable dont nous avons pris l'habitude. Sinistre, sans doute, mais en même temps familière. Nous la chassons de notre mieux du centre clair de notre conscience, nous la refoulons vers des arrière-plans où nous la sentons rôder autour de nous comme un insecte importun. Telle quelle, elle nous donne assez de souci. On n'a pas besoin de la révolution par-dessus le marché. D'ailleurs, étant inéluctable, la mort cesse par là même d'être un problème. On ne lui échappera pas, c'est entendu. La révolution, elle, reste un problème. Il faut l'accepter ou la refuser, se battre contre elle ou pour elle, la subir ou la conduire. Tout cela est trop compliqué. Le spectateur qui attend du théâtre qu'il lui ouvre un univers où le bonheur et le malheur même seront allégés du poids de ses ennuis ordinaires, un univers transfiguré pour l'oubli et la diversion, s'étonne ou même s'indigne lorsque l'auteur le conduit devant ce que son univers proche a de plus obscur et de plus inquiétant, devant ce que sa condition présente implique de plus redoutable en fait de risque et de culpabilité, lui tient la tête dans ses deux mains et lui dit : « Regarde. »

Donc, cette pièce est politique ; et pourtant j'ai pu à bon droit — je le crois du moins, — écrire qu'elle ne l'est pas. Elle met en scène une situation commandée par la politique, une situation qui, sans la politique, serait inconcevable. Elle met en jeu des passions qui sont nourries par la politique, qui sans la politique ne seraient pas ce qu'elles sont. Elle sacrifie ses personnages à un ordre politique et à l'obéissance que requiert cet ordre. Bien plus. La politique à qui elle fait une si grande part n'est pas retranchée de nous, soustraite à notre prise, pure matière théâtrale, pur objet de contemplation dans le musée intemporel de l'histoire des temps passés. C'est la politique d'aujourd'hui, c'est celle dont nos journaux sont pleins, c'est celle qui affronte dans nos rues la police et les émeutiers, c'est celle qui fera peut-être demain de vous, de moi, des meurtriers ou des victimes. Bien plus encore, dans cette politique, je prends parti, et ne m'en cache pas, et si cette pièce a pu, ou peut encore, dans l'avenir, inviter des spectateurs à des réflexions, à des scrupules, à des hésitations ou à des conclusions dont leur choix politique se trouvera affecté, je me garderai bien de prétendre hypocritement que je n'avais pas voulu cela. Cette pièce est engagée, comme on dit, engagée dans l'actualité politique pour y faire sa petite trouée, pour y peser de son modeste poids, sur un plateau et non sur l'autre.

Si je dis que je n'ai pas voulu en faire une œuvre politique, c'est que j'espère n'y avoir pas oublié que la scène n'est pas une tribune ; que j'y ai affronté non des thèses, mais des personnages ; que j'y ai sinon manifesté, je n'en sais rien, du moins ressenti, je l'affirme, à l'égard de ces personnages, qu'ils fussent plus ou moins de mon « parti », ou qu'ils fussent de l'autre, une même sympathie, — une même sympathie dramatique. Le devoir élémentaire de l'auteur dramatique à l'égard de ses personnages me semble être cette sorte d'objectivité. Il y a dans *La Maison de la Nuit* deux communistes. Je ne crois pas avoir donné, *à priori,* le mauvais rôle à l'un, ou à l'autre, à celui qui faiblit, ou à celui qui ne faiblit pas. Je crois que j'ai donné à l'un et à l'autre sa chance théâtrale, la chance d'aller jusqu'au bout de ses raisons, la chance d'avoir raison, de son point de vue. Je ne crois pas que le plus irréductible, le plus implacable des deux soit un seul instant désigné comme une cible à l'ironie, ou à la colère de ceux qui haïssent le communisme. Je crois qu'il est peint de couleurs telles qu'un communiste peut lui donner son amitié. Du moins a-t-il une bonne part de la mienne. C'est Albert Camus, je crois, qui définit la tragédie en disant qu'elle est un conflit où tout le monde a raison. Je ne prétends pas avoir écrit une tragédie. Peut-être même vaut-il mieux à notre époque qu'une pièce de théâtre ne porte pas ce nom dangereux. Mais je sais que j'aurais échoué dans mon dessein, si les êtres humains que j'ai mis en présence dans cette pièce paraissaient n'être que des prétextes à affronter deux thèses et à affirmer la supériorité de l'une sur l'autre. Certes, héroïsme à part, Hagen est plus près de moi que Krauss, et j'agirais comme Hagen plutôt que comme Krauss. Mais je ne suis pas sûr que, pour reprendre la formule du philosophe, on puisse ériger la règle de l'action de Hagen — qui me semble hors de toute règle — en loi universelle. Hagen n'est pas plus moral que Krauss, et sans doute est-ce Krauss et non Hagen qui agit selon une morale. Il se peut même fort bien que la passion qui jette Hagen au sacrifice soit incompatible non seulement avec la règle de la cité communiste, mais avec les règles que toute société doit observer, si elle veut vivre. Il se peut que cette passion soit dévastatrice et mortelle, et que pourtant soit abominable tout ordre qui la nie. Il se peut qu'il n'y ait pas d'issue, sinon au débat entre l'éthique communiste et l'éthique non communiste qui est le débat extérieur de ma pièce, du moins au débat de l'exigence individuelle et de l'exigence collective. Il se peut que tout le monde ait raison, ou que personne n'ait raison, que toute vie soit le lieu d'un conflit déchirant et insoluble. Il se peut qu'il n'y ait pas de solution. C'est même le plus probable.

Un point encore. Si les combats politiques du temps que nous avons à vivre sont différents de tous ceux qui les ont précédés et nous imposent des épreuves différentes, cet épisode nouveau de l'histoire des hommes ne constitue pas un commencement absolu. Les jeunes idées militantes se fraient leur chemin sur une vieille terre habitée de vieux espoirs et de vieilles terreurs. Elles mobilisent à leur service, ou piétinent toute la richesse et toute la pauvreté immémoriales de la vie. L'arme qui troue la poitrine du vaincu est nouvelle, non la souffrance, non le cri. Si révolutionnaire que soit le siècle, si prodigieusement imprévu dans les formes de sa conquête ou de sa fatalité, il n'en est pas moins un siècle à la suite des autres, une figure nouvelle ajoutée à toutes les figures successives d'une condition éternelle. Rien ne peut faire que le véritable domaine de l'art, de l'art dramatique comme des autres arts, ne soit cette permanence qui nous unit par delà le temps et l'oubli, par delà la chute des dieux et la dissolution des empires, aux témoignages qui nous ont été laissés depuis les dessins rupestres de la préhistoire d'un même mystère et d'un même sacré, d'un même espoir, d'un même tourment humains. A jamais quelque chose de l'homme échappe à l'instant qui le séduit où l'écrase vers le ciel de sérénité peut-être sans espoir où tout cri se fait chant. L'art se fonde en nous sur ce qui résiste à l'histoire, et c'est pourquoi il est le seul langage de siècle à siècle, le seul langage de la permanence. Le plus modeste des artistes tente de briser non seulement sa solitude individuelle, mais de franchir vers l'avenir la borne de sa propre mort.

Il est de son époque, mais il parle moins pour elle qu'à travers elle, comme il parle à travers sa propre voix, ne disposant pas d'une autre. C'est pourquoi la « prétention » de celui qui ose dire, comme le disaient les classiques, qu'il écrit pour la postérité, n'est prétention qu'en apparence. Toute œuvre d'art est par essence même testamentaire, et testament et témoignage ne font qu'un. La pièce de théâtre dont il s'agit ici est, par le choix de la situation, des personnages, des idées qui nourrissent, orientent ou justifient les passions de ces personnages, étroitement tributaire de la « politique » d'aujourd'hui. Mais si elle a la valeur d'œuvre d'art que j'ai essayé de lui donner, ce n'est pas et ce ne peut être par la prise qu'elle a sur la politique d'aujourd'hui ou que la politique d'aujourd'hui a sur elle. C'est par ce qui en elle pourra, — à supposer que quelque chose en elle le puisse — concerner de façon vitale, dans cinquante ans ou dans cent ans, des hommes pour qui les problèmes politiques d'aujourd'hui auront cessé de se poser ou se poseront dans d'autres termes. Il est question dans *La Maison de la Nuit* du communisme, de la raison d'Etat ou de la raison de guerre communiste. Mais ce qui y touche au communisme n'y est encore qu'anecdote, comme le communisme lui-même. Au regard de l'artiste ou de celui qui se voudrait tel, toute histoire est anecdote, devient anecdote. Toute histoire est emportée dans son mouvement vers l'inactuel. Mais la protestation ou la résignation humaine, l'adoration ou la révolte humaine, la cruauté humaine et l'amour humain, la possibilité ou l'impossibilité d'un accord de l'homme avec son semblable, d'un accord de l'homme avec l'atroce création sont la seule matière véritable de l'œuvre d'art, le fond stable où l'œuvre d'art s'ancre contre le temps.

Sans doute pourrait-on tirer de ma pièce une leçon politique d'une plus belle simplicité si j'avais campé des deux côtés de la scène, installé solidement dans leurs puretés antagonistes, le héros du bien et le héros du mal, le défenseur des préceptes de l'enseignement évangélique et le champion de la discipline militante sans hésitation ni murmure, le héraut de la tendresse humaine, sinon chrétienne, et le meurtrier par obéissance, — ce dernier ayant droit à un léger grain de sadisme — saint François et Saint-Just. Mais Hagen n'est pas saint François, loin de là, et si Krauss est parfois nommé Saint-Just par Hagen, c'est avec une nuance d'ironie familière. Oui, ce serait trop simple, si nous voyions Hagen, au terme d'un majestueux débat de conscience, d'une soigneuse pesée du juste et de l'injuste, quitter le camp des meurtriers pour rejoindre, en faisant le sacrifice de sa propre personne, celui de l'innocence sacrifiée. Hagen n'agit pas sous l'injonction d'une voix intérieure douée de l'autonomie kantienne. Il n'est pas un pécheur soudain illuminé par la grâce. Il est un homme. Il cède à des impulsions profondes, dont il ignore la source, et que sans doute il n'approuve pas tout à fait. Il ne sait pas exactement pourquoi il fait ce qu'il fait, ni s'il devait le faire. Il ne cherche pas à se conformer, au prix de sa vie, à un archétype radieux de la perfection morale. Il tâtonne comme il peut dans l'obscurité de son destin. En même temps, il y a en lui, me semble-t-il, une certaine aristocratie de l'esprit, paresse et noblesse mêlées, qui fait qu'il obéit plus volontiers à l'envie ou au dégoût du moment qu'à des plans longuement mûris, à des devoirs, à des consignes. A tout prendre, il est assez près du Wilfrid de Montferrat que j'ai montré dans *Le Profanateur*. Il aime le plaisir. Il a goûté à beaucoup de femmes. A quarante ans passés, il n'attend plus de la vie beaucoup d'ivresses ni de surprises. C'est un voluptueux désenchanté. Il a le goût de l'ironie. Il n'aime être dupe ni des mots, ni des autres, ni de lui-même. Il abaisse volontiers, par souci de ne point les parer d'une grandeur peut-être menteuse, les mobiles qui le font agir. Il aime défier le danger, le hasard, les puissances supérieures. Il pourrait bien y avoir un brin de cabotinage, une « coquetterie », dans son irrévérence à l'égard de l'Eglise politique dont il a accepté les dogmes, dans cette nuance de provocation qu'il met à tous ses gestes. Mauvais communiste assurément — son jeune ami Krauss, si neuve soit son expérience, ne s'y trompe pas :

« Tu ne t'es pas assez méfié de ton ironie. Un homme qui se moque de lui-même est déjà un homme qui doute... Tu avais commencé à croire que tu te devais quelque chose à toi-même. Tu n'étais plus un homme sûr » —, communiste cependant, il a fait son choix, et pourtant il doute. Il doute, et pourtant il a fait son choix. Serviteur combattant d'une doctrine qui lui impose, pour frayer la route à un avenir peut-être heureux et juste, des méthodes de destruction impitoyables, déchiré entre son impuissance à supporter la souffrance d'autrui et la loi de guerre qui lui fait un devoir de la piétiner, détestant les conséquences concrètes de principes qu'il ne veut pas trahir, il choisit le chemin de sa propre mort avec d'autant plus de facilité qu'il n'aime plus beaucoup la vie. Devant l'horrible panique d'une femme qui va mourir à cause de lui, il ne prend pas une décision. Il se laisse emporter par une vague puissante où se mêlent la commisération et le dégoût, la lassitude d'une tâche trop lourde et le sentiment de culpabilité, le besoin d'échapper à tout prix à un spectacle intolérable et la tentation de mettre fin à la longue angoisse d'une irrémédiable division intérieure, devant laquelle l'alcool n'était qu'un moyen de fuir. Il se garde bien, d'ailleurs, de se donner à lui-même, de ce qui est à peine un acte, et de donner à son camarade Krauss, qu'il aime et que sans doute en un certain sens il envie, une justification trop flatteuse. « Un enfant se noie, on plonge, et pourtant la force du courant est mortelle, et on le sait. On n'a pas pu faire autrement, voilà tout. » Et encore : « Je l'ai fait parce qu'il fallait en finir, d'une manière ou d'une autre. Je ne pouvais plus supporter cela, voilà tout. Je crois que j'aurais aussi bien pu la tuer. » Quand le hurlement le plus profond, le hurlement de la bête, près de nous, va réveiller la grande terreur élémentaire qui sommeille au fond de toute vie, nous sommes pareillement prêts à tuer ou à nous faire tuer pour ne plus entendre. Il faut que cette voix se taise.

Nous ne sommes que nos actes, dirait à peu près Jean-Paul Sartre. Mais dans chacun de nos actes nous sommes engagés avec toute notre confuse richesse intérieure et toute la profondeur de notre histoire individuelle depuis notre origine. Nous ne sommes que nos actes, mais dans chacun de nos actes nous sommes tout entiers. Quoi de plus simple que d'aller au secours d'une femme qui va mourir ? Quoi de plus inexplicable ? D'un certain point de vue, le mouvement de Hagen vers Lise est l'aboutissement en forme de défi, de révolte ouverte, d'un long désaccord avec la discipline imposée par le parti. D'un certain point de vue c'est l'aveu de la fatigue d'un militant usé, désormais inapte à des tâches trop sévères. Presque une lâcheté, et en même temps l'affirmation d'une liberté qui choisit la mort. D'un certain point de vue, c'est l'expérience concrète de la maturité posant le prix réel d'un peu de chair vivante et souffrante en face de l'absolutisme de l'abstraction qui exalte la jeunesse : et d'un autre le découragement, l'à-quoi-bon du nihilisme opposé à l'espérance du monde. Hagen lui-même se dit « assez heureux » d'avoir fait ce qu'il a fait, et pourtant il déclare lui-même que ce qu'il a fait est une « erreur », et il reconnaîtra cette erreur devant le tribunal de son parti, auquel il tient à rendre des comptes. Car la contradiction subsiste, et la mort est une fuite, non une solution. D'un certain point de vue, la mort de Hagen est un suicide, dont Lise n'a été que l'occasion (il y aurait eu une autre occasion, un jour ou l'autre). On n'en finit pas. D'un certain point de vue, la mort de Hagen est peut-être même une assez forte plaisanterie, un bon tour joué à l'autre, à ce Krauss qui prend les choses au sérieux d'une façon un peu irritante. N'oublions pas la malignité sarcastique où se complaît mon personnage. Ce n'est que par crainte de déconcerter le spectateur au moment où la situation est véritablement sérieuse que j'ai renoncé à ajouter aux explications finales de Hagen, dans l'avant-dernière scène, cette nuance complémentaire : « Et puis, il y a encore autre chose. Je crois bien que j'avais envie de voir la tête que vous alliez faire. »

Mais si un peu de gaminerie ne messied pas à la mort, ne serait-ce que pour ôter à la mort la raideur ostentatoire du sublime, et pour rappeler la liberté de celui qui choisit la mort à l'égard même de ce choix, je ne vais pourtant pas prétendre que Hagen meurt par gaminerie. Je voudrais seulement qu'à l'esprit du spectateur ou du lecteur restât présente à son sujet l'ambiguïté qui enveloppe la détermination de tous les actes humains. Je n'insiste sur cette ambiguïté que pour me défendre, s'il faut me défendre, contre un reproche qui m'a été fait, si c'est un reproche, — et je ne suis pas sûr qu'on puisse légitimement me reprocher de n'avoir pas écrit ce que je n'ai pas voulu écrire : « La pitié de Hagen pour Lise est une pitié suspecte, me disent des chrétiens. Elle est étrangement mêlée de lassitude et de mépris. Nous ne voyons en elle aucune étincelle divine. Elle n'est pas descendue du Sermon sur la Montagne. Elle n'est pas l'Amour. Elle n'est pas la Charité. »

J'en tombe d'accord. La Charité est une vertu, sinon au sens bourgeois du terme, du moins au sens théologal. La Charité est pure et rayonnante. La Charité est de cette part de l'homme que la chute originelle n'a pu réussir à séparer de Dieu, elle est cette présence réelle de Dieu dans l'homme qu'affirme le mystère eucharistique. Pour parler d'elle en termes plus profanes, elle est, diraient nos philosophes, de l'ordre de la transcendance, ou de l'ordre de la valeur. Peut-être, pour un chrétien, la pitié participe-t-elle de la Charité, peut-être en est-elle l'image déformée et déchue, comme l'image d'un visage céleste dans une source troublée. Mais elle n'est pas la Charité. Oui, la pitié de Hagen est impure. Elle ne tombe pas sur lui comme un coup de lance céleste, comme le rayon mystique qui pose un nimbe d'or sur le front des misérables de Rembrandt. Elle surgit des troubles profondeurs d'où sortent aussi, à leurs heures, le désir, la panique et la cruauté. Elle est une des poignantes énigmes de la terre. Peut-être notre espèce n'en a-t-elle pas le monopole. Il arrive aux animaux d'épargner ou d'aider les faibles, comme si se réveillait devant les faibles l'instinct qui veut la protection des petits, ou comme si était pressentie parfois dans l'humble, obscure et terrible angoisse animale une loi plus lointaine et plus profonde que la loi du cannibalisme universel. La Charité est une vertu, ai-je dit. Ce n'est pas une vertu, même théologale, qu'à tort ou à raison j'ai voulu mettre en scène. C'est une passion : une passion où la noblesse humaine se mêle à la faiblesse humaine, une passion trouble et redoutable, aux élans imprévisibles et aux exigences sans mesure, capable de conduire ceux dont elle a pris possession aux mêmes conséquences dernières que les plus fatales, les plus meurtrières des passions. La pitié est impure comme l'amour — l'amour des sexes — est impur ; comme l'amour elle peut se fixer sur un objet indigne, elle a, de l'amour, la soif que rien n'apaise, la patience et l'impatience, la volonté possessive et l'abnégation, les coups de foudre et les cheminements souterrains. Elle est rarement rassurante. Elle est souvent scandaleuse. Elle est pour beaucoup d'hommes, plus que l'amour même, un objet de crainte et d'exaspération, une menace de dépossession de soi contre quoi ils croient utile et honorable de se défendre. Il y a un certain plaisir orgueilleux à refuser la pitié. La mauvaise conscience surmontée donne à celui qui se raidit dans une attitude impitoyable une bonne opinion de soi-même. Beaucoup de victimes ont souffert, beaucoup de vaincus sont morts au cours de l'histoire des hommes à cause de la censure exercée sur la pitié. En revanche, s'il est assez rare que des hommes ou des femmes acceptent, comme Hagen, de mourir par pitié, beaucoup donnent à la pitié leur existence entière, jour après jour, minute par minute. Ce qui est peut-être aussi méritoire — mais que vient faire ici le mérite ? — ce qui n'est pas plus difficile. Tout est facile à la pitié. Elle emporte tout.

Voyons un peu l'aventure de Hagen. Objectivement, il est un bon militant. Il fait ce qu'on lui demande de faire avec intelligence, et zèle. On n'a rien à lui reprocher, qu'un double penchant, un peu suspect, à l'ironie et à la boisson. Pourtant, il a demandé une mission pour l'étranger, parce qu'il se sentira plus à l'aise dans un pays où son parti n'aura pas encore le pouvoir, parce qu'il aime mieux lutter pour la révolution là où la révolution est encore du côté des opprimés. C'est un peu trop de délicatesse. Un bon révolutionnaire doit savoir aussi être le plus fort, le jour venu, et mettre en prison les autres. Ce penchant de Hagen, qui l'incline vers les victimes, doit lui jouer un mauvais tour. D'ailleurs, il y a cette histoire, qu'il finira par raconter à Krauss, et qui éclaire bien des choses : le souvenir d'une course en Espagne, de ce taureau qui ne voulait pas se battre, qui ne comprenait pas pourquoi on lui demandait de se battre, de ce taureau stupide et lâche qui fuyait autour de l'arène, poursuivi par les injures et les moqueries, et qui, lorsque l'exécuteur s'est enfin approché de lui, a cru, du fond de sa peur et de sa fatigue, à une trêve, à une grâce, et dans l'explosion des rires, a léché la main qui allait le tuer. Une histoire que je n'ai pas inventée, soit dit en passant. J'ai lu ce récit dans la rubrique tauromachique d'un journal du Midi ; le narrateur y avait mis le ton du sarcasme, d'un sarcasme indigné : comment osait-on offrir au spectateur des taureaux d'aussi basse qualité ? — Donc, voilà Hagen qui part pour l'étranger, en compagnie de son ami Krauss, et avant même d'avoir franchi la seconde frontière, à quelques pas des postes tenus par les siens, il se trouve face à face avec un personnage important, avec un ministre-otage qui est en train de fuir la République populaire. Il faut empêcher à tout prix Franz Werner de passer à l'ennemi. Il faut à tout prix le retenir un moment, pendant que Krauss retournera en arrière et ramènera une patrouille de police. Sale besogne. Mais un militant doit savoir accepter les sales besognes. Hagen n'a pas le choix des moyens. Il faut ruser. Par fortune, il connaît la femme de Werner, Lise. Lise est une femme assez peu intéressante, qui ne songe qu'à sauver dans la révolution ses intérêts bourgeois, qui n'est soucieuse que de sécurité, de confort et d'argent. Elle n'approuvait pas la fuite de son mari. Elle a voulu l'empêcher de quitter pour l'aventure une belle situation politique. Elle a menacé de le dénoncer, s'il partait. Il est parti sans elle, très heureux de pouvoir emmener avec lui une jeune secrétaire pourvue de toutes les vertus qui manquent à Lise. Lise abandonnée s'est jetée à la suite de son mari. Par terreur des représailles inévitables. Il n'est pas bon, dans la République orientale, d'être la femme d'un traître. Par terreur de la solitude aussi. Elle n'aimait pas son mari, elle n'était pas aimée de lui. Mais il était l'homme. La présence, la protection, la tiédeur humaine. Elle a senti le prix de cette union fatiguée et misérable à l'instant qu'elle se brisait. Un hasard l'a mise sur la bonne piste. Elle est arrivée, elle aussi, dans la maison du passeur. Elle s'accroche à son mari comme si elle se noyait. Elle est là, encombrante et inopportune, avec sa colère et son angoisse, avec ses vaines menaces et ses vaines supplications, ridicule, odieuse, pitoyable. C'est de cette malheureuse que Hagen va se servir. Y aurait-il un autre moyen ? Il n'en cherche pas d'autre. Hagen va au pire avec un soupçon de complaisance, de féroce dérision. Puisque sale besogne il y a, que la besogne soit le plus sale possible. Allons jusqu'au fond du dégoût de ce qu'on nous fait faire, et de nous-même qui acceptons de le faire, une bonne fois.

Il faut d'abord gagner le temps nécessaire à la

manœuvre, éloigner le passeur. L'argent n'y suffirait peut-être pas : Klossowski fait un métier illégal avec une sorte d'honnêteté. La menace serait plus efficace : Klossowski a besoin dans l'exercice de sa profession d'une certaine tolérance des autorités orientales, et il sait bien qu'il doit sacrifier quelques clients, de temps en temps. Hagen combine les deux arguments, mais sans donner à l'affaire une allure de marché, ou d'ultimatum. La décision se jouera aux dés. Pour permettre à Klossowski de céder en sauvant la face, et peut-être aussi parce que Hagen est un joueur. Une partie de dés dont l'enjeu est une vie humaine, il y a là de quoi satisfaire son goût de la dérision nihiliste ; et puis, il donne ainsi au hasard une chance contre lui. Les dés prendront une part de responsabilité. La décision est laissée à l'aveugle aventure des nombres, à la volonté sans conscience de l'absurde. Livrée ? Non pas. Hagen sait manier les dés. Hagen triche, et fort bien. Hagen laisse la décision au hasard, et pourtant il triche. Contradiction ? Pour s'étonner de cette contradiction, il faut n'être pas joueur.

Klossowski écarté du champ, il faut encore que Hagen mette Lise dans son jeu. C'est facile. Lise n'est pas intelligente. Lise est abandonnée, affolée et humiliée. Lise se noie, et elle est prête à se cramponner à la première main secourable. Lise ne demande qu'à croire à cet « amour » qui, au pire moment, se découvre à elle en l'étourdissant de paroles, à cette offre que lui fait Hagen de fuir vers l'ouest avec elle en se présentant à la place du ministre-transfuge et de sa compagne au poste occidental où ils sont attendus. Au moment où Werner et Catherine vont quitter la maison, Lise se jette sur eux avec assez de cris et de larmes pour donner à Hagen l'occasion d'intervenir. Il est maintenant face à face avec Werner. Il ne s'agit plus pour lui que d'amener et de maintenir sa prise sur Werner jusqu'à l'arrivée de Krauss avec ceux que Krauss est allé chercher.

Comment y parvenir ? En plaidant la cause de Lise. En éveillant ou en réveillant en Werner la pitié pour Lise. La pitié que Lise mérite quand elle ne serait que le dernier des vivants, car le dernier des vivants a besoin de pitié. Cette union maussade et médiocre qu'a été le mariage de Werner et de Lise a pourtant été une union. Cette femme haineuse, insupportable et intéressée est pourtant une femme, une vie avec son angoisse du vide et son espoir informe et misérable. Elle l'a trahi, soit. « Est-ce qu'un être humain est seulement un acte ? C'est aussi l'enfant que vous jetez par-dessus bord, l'enfant qu'elle a été, comme vous... » Comme vous... Ici Hagen s'arrête. Werner aussi a été un enfant, et il y a encore cet enfant, l'enfant Franz, dans l'homme que Hagen va livrer aux policiers sans visage. Ce qui arrive ici, c'est que Hagen se prend lui-même à ce piège de la pitié où il a voulu prendre l'autre. C'est que sa pitié pour Werner s'éveille du même mouvement qui éveille en Werner la pitié pour Lise.

C'est que les mots que Hagen emploie vont le convaincre lui-même. Ce qui lui arrive, c'est, si l'on veut, l'aventure du comédien pris à son jeu. Pour bien *jouer* la pitié, il faut la vivre. Les mots amènent avec eux, des profondeurs d'où ils montent, la substance concrète de leur contenu. Pour bien mentir, il faut croire ce que l'on dit, et à l'instant où l'on croit ce que l'on dit on cesse déjà de mentir. D'ailleurs, il n'est pas si facile de parler vingt minutes, homme à homme, avec celui qu'on va faire tuer, sans reconnaître en lui la qualité humaine. Werner n'est plus seulement un ennemi à détruire, une cible. Au fur et à mesure que le filet, maille après maille, se tisse autour de lui, voilà que pour celui-là même qui tisse le filet, il se met à exister.

Allons encore un peu plus loin. Si Hagen découvre en lui la pitié en jouant de la pitié et en jouant la pitié, c'est que la pitié était déjà en lui. Les mots qu'il trouve, il ne les trouve qu'en se référant à sa propre expérience, à une pitié vécue en lui, censurée peut-être, contenue peut-être, inavouée peut-être, mais vécue. Rappelons-nous le taureau. Le jeu de la pitié n'aurait pu être joué devant Werner de façon convaincante par un homme qui eût été lui-même impitoyable. Hagen s'est placé lui-même dans une situation où il est obligé de mentir avec sa propre vérité, de singer pour une basse besogne de trahison ce qui est sa passion la plus profonde, de mettre aux ordres de la mort son amour des vivants. Il s'acquitte de façon somme toute irréprochable de son rôle de policier auxiliaire, mais il ne peut le faire qu'en mobilisant en lui ce qui est le plus rebelle à la tâche qu'il exécute. De là vient qu'il s'épouvante de sa réussite à l'instant même où il découvre qu'il n'a que trop bien réussi. C'est alors que tout éclate : « Partez ! Partez tous les deux. » Que veut Hagen ? Que Werner s'échappe ? Ou qu'il commette la lâcheté qui l'abîmera aux yeux de Hagen, qui donnera à Hagen une excuse ? Peu importe. Les policiers de l'Est cernent déjà la maison et les gros yeux aveuglants de leurs torches électriques vont se fixer sur la proie qui leur a été réservée.

Ainsi Hagen a failli trahir. Il s'en est fallu de quelques secondes qu'il ne favorisât la fuite d'un criminel d'Etat. De ces quelques secondes où Werner, éberlué par son brusque revirement, est resté devant lui, immobile, sans comprendre. Mais les *vopos* sont arrivés juste à point pour mettre la main au collet de Werner, et pour sauver Hagen de lui-même. Pas de dégâts. Tout est de nouveau dans l'ordre. C'est le hasard qui a décidé, une fois encore, — qui a décidé que Hagen, en dépit de lui-même, resterait un bon militant, et que son ami Krauss, qui pourtant l'observe depuis quelque temps avec un peu d'irritation et d'inquiétude, allait peut-être le féliciter. Oui, Hagen, après une minute d'égarement, va sans doute se reprendre, c'est-à-dire se résigner. Encore faudrait-il qu'on lui en laissât le temps. On ne lui en laisse pas le temps. Il est encore tout vacillant du choc de cette grande vague, qui vient de fondre sur lui, que l'autre vague arrive. La mort de Werner, soit. Il s'y attendait. Mais les chefs de la police de l'Est ont fait bonne mesure. L'enlèvement ou le meurtre d'un transfuge politique important au delà de la frontière provoquera un incident diplomatique dont on ne veut pas courir le risque. Il faut donc que tout se passe comme si Werner avait été tué quelques centaines de pas avant la maison Klossowski, sur le territoire oriental, et que personne, absolument personne, ne puisse rétablir la vérité. Donc, en même temps que Werner, on va faire disparaître tout le petit groupe de fugitifs qui tentaient de passer la frontière avec Werner, Lise, Catherine, les autres, le passeur, Lydia : Lydia, la petite fille de seize ans qui est allée chercher Krauss égaré dans la nuit et le brouillard, sans savoir qu'elle ramenait, la main dans sa main, l'ange de la mort, et qui l'a regardé avec émerveillement, et que peut-être il allait aimer.

Quelques mots, en passant, de Lydia. On a pu lui reprocher de n'avoir pas grand'chose à faire dans l'aventure, encore que le destin passe deux fois par elle, d'abord quand elle ramène Krauss, ensuite quand elle lui livre par mégarde, ou par candeur, le secret qui va permettre à Krauss d'empêcher la fuite de Werner. Mais il est vrai que l'un et l'autre événement auraient pu arriver d'autre manière. Le fait est pourtant que Lydia, dont la place, dans le drame, est humble, était pour moi avant même que la pièce eût pris forme un des personnages auxquels je donnais le plus d'intérêt. Au point que ses deux scènes du troisième acte, ces deux scènes hors de l'action principale que certains de mes critiques ont jugées inutiles, ont été parmi les premières que j'aie écrites. Il est vrai que Lydia n'a pas dans la pièce d'action déterminante. On pourrait dire qu'elle est tuée en surnombre. Elle est celle qui était là par hasard, et que l'on joint au lot parce qu'elle était là. Elle n'agit pas. Je m'étonne un peu qu'on lui reproche cette passivité qui lui donne précisément à mes yeux son importance véritable. Elle m'était nécessaire parce qu'elle était la victime à l'état pur, l'innocence sacrifiée. Tous ceux qui meurent dans cette pièce ont accepté délibérément de courir le risque de leur mort, ou ont « mérité » leur mort, ou sont coupables en quelque chose — même si cela, dont ils sont coupables, est tout différent de cela, pour quoi ils meurent. Hagen meurt par pitié, Werner et Catherine meurent à cause de leur amour et de leur fuite, Lise meurt à cause de sa médiocrité, la comtesse à cause de son inconscience, Klossowski parce qu'il fait un métier dangereux, Adler pour sa foi. Lydia n'est là que pour mourir. Lydia n'a pas d'autre rôle que de mourir et de s'étonner de sa mort — juste un peu d'étonnement, — et de se révolter contre la mort — juste un peu de révolte — et de demander pourquoi. Bien sûr, si j'avais été un critique communiste, je sais bien ce que j'aurais dit à ce sujet : « Où l'on peut mesurer la bassesse de l'auteur, c'est au tour de passe-passe par lequel il substitue aux magnats de l'acier, du pétrole et de la banque, à leurs valets et à leurs mercenaires, aux exploiteurs et aux oppresseurs capitalistes, victimes désignées de la révolution, une petite fille sans défense, et invite ainsi la bourgeoisie à pleurer sur sa propre mort en pleurant sur la mort de l'innocente Lydia. » Mais je n'ai aucune raison d'accuser l'auteur d'une pareille déloyauté intellectuelle. Ce n'était pas pour donner aux spectateurs bourgeois de la pièce une image flatteuse et attendrissante de leur propre mort que j'avais besoin de Lydia, c'était parce que la guerre révolutionnaire, comme toute guerre, meurtrit et broie aussi l'innocence, et parce que l'innocence sacrifiée est un des aliments ordinaires et légitimes de l'émotion théâtrale.

Krauss rapporte l'ordre de tuer tout le monde. Tout le monde. Lydia aussi. Lydia qui l'a sauvé, Lydia qui l'a ému par son admiration d'enfant et par le contact d'une jeunesse accordée à la sienne, Lydia qu'il est près d'aimer. Il a en lui la dureté de l'adolescence fanatique et de la conviction abstraite. Il fait un métier cruel et le fait sans faiblir : les ennemis de l'humanité en marche, de l'histoire en marche doivent être détruits, les obstacles doivent être écartés. Sa morale n'est pas une morale de la cruauté, c'est une morale de la nécessité. Il a des millions d'opprimés à délivrer, il a un monde à faire vivre, le jeune Krauss ; il a peut-être aussi à tirer vengeance, au nom de tous les humiliés, de l'humiliation de sa mère. Il n'a guère plus de vingt ans. Il n'est pas encore sorti de l'âge impitoyable. Il ne s'attendrit pas facilement. Mais il n'est ni un sadique, ni un monstre d'insensibilité. Que Werner ait mérité de mourir lui paraît évident. Qu'il faille abattre en même temps que Werner un petit groupe de fugitifs dont la malfaisance contre-révolutionnaire est déjà moins évidente, lui est assurément assez pénible. Qu'il faille tuer Lydia est abominable. Hagen perd son temps à le lui dire. Il le sait aussi bien que Hagen. Mais s'il est déchiré par cet ordre, il ne le conteste pas. Les chefs ont décidé. Il n'y a pas de victoire sans discipline. Pourquoi épargnerait-il Lydia ? Parce qu'elle est innocente ? Il ne s'agit pas de punir des coupables, mais de garder un secret d'Etat. Parce qu'elle est amoureuse de lui ? « Si Lydia ne m'aimait pas, serait-elle moins innocente ? Pourrais-je la tuer avec plus de tranquillité ? » *Il n'a pas le droit*. Il n'a pas le droit d'hésiter s'il a le droit de souffrir. A ses propres yeux, il n'est pas lui-même plus qu'un autre, il est un autre, et l'amour que Lydia lui porte pèse le même poids que si elle aimait un autre. Il n'a pas le droit d'attacher à l'intérêt qu'on porte à sa personne, il n'a pas le droit d'attacher à sa propre personne une importance particulière. Il y a dans ce sacrifice de Lydia, auquel Krauss consent par discipline, et qui lui coûte si cher, une atroce abnégation, qui est une des formes authentiques de la grandeur. Tout au moins est-ce ainsi que je vois Krauss, et que je l'aime.

Il est donc déchiré. Pourquoi n'irais-je pas jusqu'à dire qu'il éprouve, de ce déchirement même, une sorte de joie ? Cette souffrance en lui le rassure et le justifie. Qui ne voit que l'amour que Lydia a pour lui, et plus encore la tendresse qu'il a pour Lydia lui donnent, selon la règle de sa rude morale, comme un droit supplémentaire à la sacrifier ? Car c'est cet amour aussi, cet amour pour lui, cette tendresse en lui qu'il sacrifie. C'est en quelque sorte une chance, une chance pour lui qu'il puisse payer de sa propre souffrance la souffrance qu'il va infliger, qu'il puisse trouver un réconfort dans la certitude qu'en tuant ce qu'il aime, ou qu'il est près d'aimer, dans cette douleur et cet arrachement qui ne le feront pas faiblir, c'est lui-même qu'il torture. Ainsi le Dieu des Juifs demandait aux pères qu'il voulait éprouver d'égorger pour lui leurs propres enfants. A la cause à quoi il s'est dévoué jusqu'à l'absolue négation de soi-même, Krauss donne avec la mort de Lydia sa propre angoisse devant cette mort, devant sa responsabilité dans cette mort. Il lui serait sans doute plus facile de donner son propre sang. Mais son sang ne lui appartient pas. Ce qui lui appartient, c'est cet attachement qui s'est noué entre lui et Lydia, c'est son horreur devant la mort de Lydia. Il les donne. Il y a dans cette dévastation volontaire de soi-même offerte à un dieu exigeant une exaltation sauvagement heureuse : « C'est pour l'avenir que je sers que j'arrache de mes propres veines chaque goutte du sang de Lydia. C'est pour lui que je meurs à la jeunesse, à l'amour, à la pitié humaine. C'est pour lui que je meurs... »

Des sept morts dont il faut que Hagen et Krauss ensemble prennent la charge, la mort de Lydia est sans doute la plus scandaleuse de toutes, la plus inacceptable ; et pourtant, si elle torture Krauss plus que les six autres ensemble, elle ne suffit pas à l'ébranler ; si elle redouble en Hagen l'horreur et le dégoût, elle ne suffit pas à décider chez lui de la révolte définitive. Je l'ai dit : Lydia n'est à aucun moment du drame le personnage décisif, celui par qui ou pour qui les décisions sont prises. Mais il lui arrive de les préparer sans le vouloir, de les précipiter par sa seule présence, par sa seule faiblesse, par son seul regard, par ses mains qui ne se défendent contre personne, qui ne s'accrochent à personne, par la terrible dignité de ce qu'il y a au monde, sous les coups des exécuteurs, de plus fragile et de plus désarmé. Livrée à ses seules ressources, Lise serait peut-être trop stupide, trop haineuse, trop impure, trop peu « intéressante » pour que Hagen, qui en a vu d'autres, en Espagne et ailleurs, se décide soudain de se dévouer et de se perdre pour elle. Pour que sa pitié en vienne à cet éclat définitif où il va prendre position contre son parti, contre son ami, contre sa foi et contre lui-même, il faut d'abord qu'il ait été poussé à bout, poussé au point où, comme on dit, il n'en peut plus. Au terme de sa longue conversation avec Werner, quand il a crié : « Partez », c'était à Werner qu'il criait de partir, à Werner et à Catherine ; ce n'était pas à Lise. C'est Lise qui bénéficiera, en fin de compte, de la révolte enfin avouée, de la pitié enfin délivrée de Hagen. Mais parce qu'il y aura d'abord eu les autres : ce Werner en qui il aura fallu éveiller ce qu'il avait de meilleur en lui afin de mieux le perdre ; l'ordre rapporté par Krauss de détruire tout un petit groupe de vies traquées ; Lydia enfin, peut-être surtout Lydia. C'est à cause de Lydia, à travers Lydia que Hagen va découvrir que la mort de Lise est intolérable.

Lydia, elle, lorsqu'elle surprend Hagen et Krauss et entend d'eux ce qui va arriver, Lydia ne proteste pas, ne supplie pas. Les mots meurent sur ses lèvres. Je n'ai pas imaginé qu'il pût y avoir une explication quelconque entre cette amante enfantine et celui dont le visage est devenu soudain le visage de son exécuteur. A tort ou à raison, j'ai cru bon d'éviter cette « scène à faire ». Il m'a paru que Lydia ne pouvait que fuir, de cette fuite des bêtes familières quand le maître qu'elles aiment les a frappées. Si je voulais montrer Lydia en face de sa mort, ce ne pouvait être, me semblait-il, que dans le refuge où elle aurait couru, à l'écart de l'action principale, et presque en manière d'intermède. Certains de mes critiques ont jugé cet intermède inutile,

Est-il besoin de dire que s'ils m'avaient convaincu, je l'aurais supprimé ? Cette partie du troisième acte, qui se déroule entre Lydia, la comtesse et le policier vaut ce qu'elle vaut, et chacun est libre de l'approuver ou de la réprouver. Le fait est que c'était pour moi non l'une des articulations utilitaires, mais l'un des aboutissements de la pièce, une des situations finales qui constituaient sa raison d'être. A tel point que les deux scènes dont il s'agit sont parmi les premières que j'aie écrites.

Une petite fille de seize ans, une petite fille qui n'a jamais vécu, sinon peut-être dans la contemplation d'épouvantables souvenirs d'enfance, une petite fille qui n'était que morne indifférence à la vie vient de découvrir, une heure auparavant, sur le visage d'un beau jeune homme un peu plus âgé qu'elle, dans l'éclair, dans le « coup de foudre » d'une révélation, le goût merveilleux de la vie, l'exigence passionnée de vivre. Bien sûr, il n'est pas prouvé, ni probable que l'amour de l'homme et de la femme, que l'union de l'homme et de la femme apporte une solution au problème de l'existence. Bien sûr, cet amour est fuite et refuge, rêve et fable, mystification de chacun par l'autre et de chacun par soi-même. Peut-être Lydia se fait-elle des illusions, peut-être son imagination a-t-elle été portée à une température excessive, dans l'ennui et la solitude, par toute une médiocre littérature sentimentale abandonnée, sur les rayons de l'office ou de la chambre de mademoiselle, par les anciens occupants de la maison Klossowski.

Le fait est qu'elle est dans l'âge et dans les dispositions qu'il faut pour recevoir l'amour et qu'elle le reçoit en effet comme une illumination totale, une soudaine découverte d'elle-même et de l'univers, comme une éclosion, comme la vie même : et voici que ce don absolu, qui enferme en lui tous les autres, à peine a-t-il été fait, est repris. Voici que Lydia est condamnée à mort à l'instant même où elle vient de découvrir qu'il était possible de vivre, qu'elle allait vivre ; condamnée à mort par celui dont elle attendait la vie. La vie toute entière posée dans les mains de Lydia, touchée par les mains de Lydia, comme dans les mains d'une petite mendiante un bijou miraculeux, pour être reprise dans dix minutes. Toute la vie à vivre en dix minutes, à épuiser en dix minutes. Il me semble qu'il y a là une urgence assez grande, une tension, une passion assez grandes pour que Lydia oublie de pleurer, de supplier, de se révolter, d'avoir peur. Toute la vie à vivre en dix minutes et le visage de celui qui apportait la vie, le visage du beau Johann, est devenu le visage de la mort : « Faites-moi belle. » Savoir, voilà ce qui est le plus important. Savoir si l'obscure petite Lydia pouvait être belle, si elle pouvait être aimée ; savoir si quelque chose était possible, afin qu'à l'instant de la mort la petite fille sans passé ait au moins ce souvenir-là, le souvenir de ce qui aurait pu être. Lydia se fait parer par les mains de la comtesse pour d'étranges fiançailles solitaires, pour les fiançailles où sa main touchera la sombre main invisible, où elle va être emportée. Mais non. Ce n'est pas pour la mort qu'elle veut être belle. Ce serait bien romantique. Ce n'est même pas pour Johann, pour un dernier regard à Johann, un dernier regard de Johann. Ce serait bien romanesque. Lydia a été à trop dure école, elle est trop positive pour ne pas savoir qu'elle ne reverra jamais plus Johann, pour ne pas savoir que sa mort va être privée du dernier déchirement et de la dernière douceur d'une présence humaine, qu'il n'y a plus personne, absolument personne. C'est pour elle que Lydia veut être belle, pour elle seule, pour le petit miroir que va lui tendre la comtesse et où elle va dans la dérision fixer sa dernière image, sa seule survivance. Appelons cela, si nous le voulons, narcissisme. Il y a un narcissisme de la féminité, une identification amoureuse de la femme à son propre corps et à son propre visage ; les soins de la parure l'attestent. C'est sous les espèces de la parure que la femme s'offre à la vie. Pourquoi reprocherait-on à Lydia de chercher avant la mort et pour la mort le seul bonheur qui lui soit accessible, le seul qui l'assure du monde possible, du monde rêvé à défaut du monde réel qui se dérobe, l'accomplissement fugitif de sa propre féminité emporté dans son dernier regard ?

Lydia est belle, elle n'est belle que pour Lydia, — et voici la mort. La mort a eu la discrétion de ne pas faire son entrée avant le dernier coup de crayon, avant la dernière touche aux lèvres ou aux pommettes, avant que les cheveux ne se soient fixés dans leurs ondes, le collier arrondi dans sa courbe, la peau assurée dans son éclat, avant que ne soit tout à fait prête pour la vie celle que la vie va quitter, avant que ne soit tout à fait digne d'être regardée celle qui ne sera plus jamais regardée par personne. La mort entre. C'est Johann.

C'est Johann, mais ce n'est pas le Johann qui a apporté à Lydia la vie pour la lui retirer. C'est un autre Johann, un Johann dépouillé de sa grâce dure et fatale. C'est un des policiers qui vont conduire Lydia avec la petite troupe des condamnés vers le lieu de l'exécution. Un policier quelconque, un policier dont le visage fait partie de l'uniforme, un numéro matricule. Un homme que rien n'a jamais sauvé et que rien ne sauvera jamais de la plus terne banalité. Un homme pourtant, un homme qui tue parce qu'on le lui commande, parce qu'il a besoin de sa solde, parce qu'il est prisonnier d'un système auquel on n'échappe pas comme on veut, avec une morne et machinale résignation, et peut-être avec une commisération qu'il ne s'avoue pas à lui-même, et peut-être avec dégoût. Ce qu'il y a parmi les hommes de plus fruste, de plus épais, de plus ordinaire, ce qu'il y a parmi les hommes de plus contraire à Johann-Lazare Krauss, à sa jeunesse étincelante, à sa dureté d'archange, à ce qui a fait de lui, pour Lydia, l'unique et l'élu ; le contraire de Krauss et pourtant son délégué, son représentant, son bras séculier, celui qui va conduire Lydia aux noces mortelles à la place de Krauss comme les ambassadeurs, autrefois, épousaient les princesses au nom des rois. Tel est le Johann à qui Lydia peut se montrer dans sa beauté de femme, dans sa vocation de vivante épanouie pour les premières et les dernières minutes d'une existence d'éphémère. L'identité des prénoms donne à la substitution des personnes son caractère de dérision, éveille dans la pensée de Lydia l'idée de ce dernier jeu, de ce jeu du rêve, de l'amour et de la mort auquel elle va se livrer avec une douceur cruelle, une déraison lucide. C'est Johann et ce n'est pas Johann. Ce n'est pas un homme et c'est le seul homme au monde, le seul regard d'homme dans lequel Lydia pourra jamais lire qu'elle est une femme, qu'elle est belle et désirée. La seule vie à vivre. Il n'est pas vrai de dire que Lydia tente de « séduire » le policier Lamers et pourtant elle se comporte en face de lui en femme qui fait l'épreuve de sa séduction. Il n'est pas vrai de dire qu'elle se moque de lui, et pourtant elle lui inflige la tendre parodie de la séduction véritable, elle se venge de lui avec la cruauté de la vengeance la plus subtile, de la vengeance des victimes qui est la suprême douceur. Elle joue avec lui, elle lui impose le jeu d'un amour qui à travers lui s'adresse à un autre, d'une féminité qui n'évoque en lui la qualité de l'amant possible que pour la nier avec plus de raffinement. Est-il invraisemblable que Johann Lamers se prête à ce jeu, subisse ce jeu pendant quelques minutes ? Peut-être. Mais le théâtre vit, me semble-t-il, de cette sorte d'invraisemblances. Le théâtre et peut-être la vie elle-même. Pourquoi un homme, fût-il policier au service d'une dictature implacable, ne pourrait-il pas rester paralysé un moment devant l'enfant qu'il va mettre à mort, pourquoi, sans en avoir tout à fait conscience, n'accepterait-il pas de jouer avec elle cette comédie où il aurait le mauvais rôle, dans un désir confus et maladroit d'expiation ?

Nous voici au moment décisif, au moment où Hagen, submergé, emporté par cette passion ambigue où s'associent et se confondent le sentiment de culpabilité, la fatigue de la vie, la révolte devant un ordre qui se fait complice de la cruauté du monde, la lâcheté devant la souffrance d'autrui et le dévouement sacrificiel, va abandonner toutes ses raisons de croire et de combattre, pour la cause d'une femme insignifiante, ridicule, odieuse peut-être, mais désemparée et désespérée. Les événements sont allés très vite, et Lise Werner n'est plus qu'une victime harassée sous la rage d'un destin qui double et triple ses coups sans permettre même un semblant de parade. Au moment où Hagen venait de surgir auprès d'elle comme pour mettre fin, en ce qui la concernait, à l'indifférence du monde, au moment où quelqu'un, enfin, s'intéressait à elle, lui donnait sa présence et sa chaleur contre le froid universel, au moment de sa première chance, les policiers de l'Est ont surgi de la nuit et leur main s'est abattue sur elle. Elle sait ce que cela signifie. Elle a toujours eu peur, depuis l'enfance : elle n'a jamais été que peur, et tout ce qu'il y a de pire en elle lui est peut-être venu de cette peur. Voilà qu'elle n'est plus que cette peur dans les griffes de l'appareil de terreur le plus insensible et le plus impitoyable. Son compagnon providentiel, Hagen, est sans doute perdu avec elle. Il ne peut sans doute plus rien pour elle. Si. Il pourrait être là. Il n'est pas là. A qui, à quoi s'accrocher ? A ce mari peut-être, qu'elle a haï, qu'elle a dénoncé, qui l'a abandonnée pour une autre, mais qui est son mari. Elle se rejette vers lui. Il est dans les bras de Catherine. Elle crie vers lui. Il ne détourne pas la tête. « Pitié ! » Il n'a pas pitié. Pourquoi aurait-il pitié ? Il est convaincu que c'est elle qui l'a trahi, que c'est elle qui l'a retenu jusqu'à l'arrivée des policiers, que c'est elle qui a voulu ce qui arrive. Elle crie encore. Il se trompe. Ce n'est pas vrai. Il serre un peu plus étroitement ses bras autour du corps de Catherine. Ils chancellent. Ils tombent. Ils meurent ensemble du même poison : « Il n'avait plus rien à partager que sa mort, et c'est avec elle qu'il l'a partagée. » Ils sont morts sans un regard pour elle. Ils ne l'entendaient même pas. Ils sont morts.

Elle regarde autour d'elle. Rien. Rien, que ces

policiers ennuyés ou indifférents, ce Krauss au visage fermé qui regarde sa panique, son visage défait, ses larmes avec un peu de dégoût. Mais soudain voici Hagen. Hagen est prisonnier comme elle. Hagen lui a dit qu'il l'aime. Elle court à Hagen, elle l'agrippe aux épaules, elle cache, elle enfouit sa tête contre sa poitrine dans cette supplication infinie et misérable qui jette parfois sur l'homme une petite bête épouvantée. La nuit. La profonde opacité maternelle. Ne plus voir. Ne plus entendre. Mais il faut bien voir, voir le visage de Hagen, entendre les mots que Krauss prononce. Hagen a travaillé pour Krauss, il s'est servi d'elle, il lui a joué la comédie de l'amour pour faire prendre Werner et pour la faire prendre. Voilà que cette femme sans courage, en qui la menace et l'approche de la mort avaient déchaîné une terreur presque insensée, découvre qu'il y a quelque chose de plus terrible que la mort : la certitude qu'elle a maintenant de mourir sans avoir jamais arraché à aucun être humain la reconnaissance de sa propre humanité, de n'avoir jamais obtenu de personne sur la terre cette approbation, cette confirmation de soi que les vivants angoissés par le vide demandent à la puissance, à la possession, à la gloire, à la tendresse. Elle va mourir dans la conscience de l'échec radical et irrémédiable, dans l'échec de la volonté la plus profonde de la vie qui est de s'affirmer comme vie, dans l'universelle indifférence : « Je n'ai jamais existé pour personne. » Le hurlement qu'elle pousse à l'instant où on l'arrache à Hagen, c'est le hurlement de la chair à l'agonie, le hurlement de la bête à l'agonie : et c'est sans doute parce qu'au point où il en est venu il ne peut plus, physiquement, supporter ce hurlement que Hagen, soudain, décide d'en finir : « Arrêtez-moi. Je suis complice de cette femme. Je suis avec elle, avec elle et contre vous... » Mais c'est aussi parce que, dans ce : « Je n'ai jamais existé... » il a entendu l'appel au secours le plus profond qu'un être humain puisse jeter vers un autre être humain, l'appel de l'angoisse fondamentale. Parce que, dans le cri de la moins intéressante des victimes d'un incident de frontière sans grande importance, la créature en proie au mal appelle à son aide la créature, parce que, depuis le commencement du monde, il n'y a jamais eu de vivant à vivant d'autre cri que celui-là. Est-ce la violence physique, est-ce la violence métaphysique de ce cri qui paraît alors à Hagen intolérable ? Sans doute l'une et l'autre ensemble. Je ne me charge pas de décider.

Mais, on le devine déjà, je ne puis accepter le reproche que l'on m'a fait d'avoir réservé la pitié de Hagen, le suicide par pitié de Hagen à la moins estimable, à la moins pitoyable des victimes. La pitié est impure et va volontiers à l'impur. Nietzsche a raison d'y discerner je ne sais quoi de peu recommandable, un relâchement de la plus haute et de la plus belle tension humaine, un glissement de déchéance vers les bas-fonds gluants et sanglants où rampe notre misère. J'ai déjà dit que j'admettais, je répète que j'admets qu'on voie dans l'éclat de pitié de Hagen, d'un certain point de vue, une abdication, une défaillance des nerfs et de la volonté. Mais si dans ce glissement même la pitié a le privilège de nous faire toucher, à travers la détresse d'un être vivant quelconque, offert par le hasard, *l'insuffisance* universelle où communient les créatures, le « malheur d'être né », l'angoisse radicale à toute existence, alors il convient que cette *commisération* prenne toute sa force là où elle est éveillée par le vivant le plus embourbé dans sa condition de vivant, le plus démuni, le plus dénué ; là où l'énigmatique cruauté de l'univers a fait en sorte non seulement d'accabler un vivant, mais de le dépouiller de toute autre qualité que celle qui lui est donnée par la souffrance elle-même. Il était nécessaire à mon dessein que Hagen s'ouvrît à la pitié dans sa signification dernière, qu'entre tous les condamnés de la maison Klossowski sa pitié allât chercher l'être le plus rebutant pour la pitié, le moins pitoyable et par conséquent le plus pitoyable : le plus indigne de la pitié — de la monnaie courante de la pitié, — le plus abandonné.

Lise est une femme médiocre, comme le taureau de Valence était un taureau médiocre. Stupide comme il était stupide. Lâche comme il était lâche. Une femme médiocre : « Les médiocres n'ont pas choisi la médiocrité. Ils ont été choisis par elle. Le pire est qu'ils sentent parfois qu'il y a autre chose, comme un langage qu'ils ne sauraient pas. » Quelles étoiles, quels ancêtres, quel hasard des chromosomes, quelles erreurs des parents, quels vices de l'état social ont fait de Lise une médiocre, comme ils ont fait une autre laide, un autre fou ? Comment pouvait-elle s'arracher à la médiocrité ? Il eût fallu au moins que dans cet être médiocre, la volonté ne le fût pas. Tout lui manque, jusqu'à l'infirmité évidente par quoi elle eût pu émouvoir. Elle ne témoigne pas d'une grande infortune, mais de l'irrémédiable banalité de millions d'êtres humains. Bien sûr, si elle n'a existé pour personne, c'est qu'elle a été incapable d'exister pour quelqu'un. A-t-elle choisi d'être incapable ? A-t-elle choisi d'être ce qu'elle est ? Ce qui apparaît à Hagen dans la clarté d'une révélation aveuglante, devant Lise en proie à l'angoisse suprême, c'est que Lise était abandonnée dès la naissance, et qu'ainsi elle n'est pas responsable de son abandon. C'est cette double vérité qui est au fondement de la pitié humaine, que personne n'est responsable de soi-même, et que chacun de nous est responsable des autres, parce que chacun a à se débattre avec son propre mal, et que chacun a ce pouvoir mystérieux d'assumer le mal d'autrui. Lise n'est pas responsable de Lise, mais de Lise, Hagen peut prendre la responsabilité. Elle est indigne du sacrifice qu'il lui fait ? Sans doute. Mais le sacrifice n'a de sens, le sacrifice n'est possible que s'il va du plus digne au moins digne. C'est toujours le plus digne de sacrifice qui se sacrifie à l'autre et qui prouve qu'il est le plus digne en se sacrifiant. Ce n'est pas un chrétien qui me donnera tort là-dessus, j'imagine. Comment Lise, Lise fût-elle le dernier des humains, ne serait-elle pas jugée digne du sacrifice de Hagen, puisque le dernier des humains a été jugé digne du sacrifice d'un Dieu ?

Mon contradicteur s'obstine pourtant. Hagen sait que Lise est médiocre. Il se sacrifie pour quelqu'un qu'il sait médiocre ; et la preuve qu'il le sait, c'est qu'il lui ment. Lorsqu'il se joint à elle contre ceux de son parti, il lui dit qu'il l'aime, il lui dit qu'il va partager sa mort parce qu'il l'aime. Or, nous savons, — et pour que nous le sachions mieux il va nous le dire, — nous savons qu'il ne l'aime pas. Il lui *ment*. Il la juge digne de son sacrifice, non digne de la vérité. Sa pitié a un fond de mépris.

Que voilà de subtilité ! Je crains bien, en effet, que la frontière de la pitié et du mépris soit malaisément discernable, aussi malaisément discernable que la frontière de la pitié et de la lâcheté. Il faut donc sans doute nous résigner à ne point placer exactement les bornes. Admettons le mépris. Encore est-il si sûr ? Méprise-t-on l'enfant malade qui ne guérira pas, lorsqu'on lui dit qu'il sera bientôt guéri ? Est-ce mépris, la compassion pour cette part d'enfance qu'il y a dans tout être humain ? Hagen est face à face avec Lise qui sait qu'elle a été jouée et qu'elle va mourir, il doit répondre à ce regard, à ce cri où il reconnaît la plus tragique attente humaine. Il faut qu'il réponde, qu'il réponde tout de suite. Il le faut. Il faut qu'il trouve les mots qui apporteront peut-être une sérénité dernière à ce visage de torturée, une douceur dernière à cet agonie sans espoir. Va-t-il choisir des mots qui ne seraient pas compris ? Va-t-il avouer la pitié alors que la pitié serait une injure de plus ? Va-t-il évoquer je ne sais quelle communion dans la misère du monde et faire de la philosophie ? Lise n'entend rien à la métaphysique. Ce dont elle a soif comme d'une eau vive, ce sont des mots qu'elle puisse comprendre, des mots qui ne s'adressent qu'à elle, des mots qui la protègent un instant contre le néant qui va la dissoudre, des mots qui la fassent un instant exister, des mots d'amour. Il suffit peut-être à Lise de croire qu'elle a été aimée pour mourir pacifiée, et comment ne croirait-elle pas à un amour qu'on lui prouve en mourant pour elle ? Car Hagen signe son arrêt de mort en parlant, et elle le sait. Dès lors, il a le droit de mentir. Ou plutôt, dès lors, il ne ment pas. Tout au plus va-t-il, faute de temps, au langage le plus facile. Tout au plus joue-t-il un peu sur les mots. L'amour dont Lise croit l'entendre parler, c'est peut-être l'amour des romans vulgaires qui faisaient sa seule lecture, l'amour selon le corps ou selon le « cœur ». L'amour dont il lui parle, c'est un autre amour, la profonde fraternité de la créature jetée contre la créature par les remous du mal universel. Un amour qu'elle ne comprendrait pas. Qu'importe ? « Aimer, c'est aussi être prêt à la mort », a dit Nietzsche. Etre prêt à la mort, c'est aussi aimer.

Ici, je m'avise que je n'ai pas dit tout à fait assez, si je laisse croire que Hagen veut seulement « adoucir » la mort de Lise. En vérité, il ne s'agit pas de faire que Lise meure un peu plus doucement. Il s'agit de la *sauver*.

Hagen est devant Lise qui désespère, et il peut la délivrer du désespoir pour le temps qui lui reste à attendre la mort, et il est seul à pouvoir le faire. Seul, car le désespoir de Lise est un désespoir dont tout le monde se détourne et qui n'intéresse personne. Voilà le point capital. Lise va désespérer et mourir, selon la malédiction de Shakespeare, et Hagen peut empêcher cela. Hagen peut sauver Lise au sens chrétien du terme, je veux dire sauver son âme : et il serait bien étonné, lui qui n'est pas chrétien, qu'on lui parlât de sauver une âme, et pourtant c'est de cela qu'il s'agit. En lui donnant son amour, — le mensonge de son amour, si l'on veut, — Hagen ne peut pas ne pas sentir qu'il est investi, devant cet être livré au désespoir, d'un énigmatique pouvoir de rachat, du pouvoir de faire accéder cet être pour la première fois, du fond même de ce désespoir, à la qualité humaine : « Ludwig, je crois que s'ils nous tuent je ne serai pas trop lâche. » Par delà les frontières de la révélation et du dogme, Hagen agit à l'imitation du dieu sauveur venu sur la terre pour partager la souffrance des hommes. Chacun de nous est rédempteur.

Le voici lui-même délivré de ce poids qui au long des années, puis au long des minutes lui était devenu insupportable. Délivré, mais non pas pleinement d'accord avec lui-même. N'oublions pas qu'il est, qu'il reste un être de contradiction. Jusque dans l'élan qui l'a emporté, il s'est observé et jugé. En lui, la foi révolutionnaire subsiste, l'armature du militant. Il a faibli, il ne s'est pas renié. Selon la perspective de ce qui reste sa vérité politique, il ne s'approuve pas, et s'il meurt, en mettant fin à un conflit insoluble, ce n'est pas seulement parce qu'il fallait accompagner Lise dans la mort, c'est parce qu'il n'est plus bon à rien. Cette pitié à laquelle il a ouvert la porte toute grande, il sait quelle visiteuse terrible elle est, inopportune et dangereuse, et qu'on ne compose pas avec elle. Peut-être ne défie-t-elle pas seulement la discipline de combat de l'armée des opprimés, du prolétariat en armes. Peut-être défie-t-elle et menace-t-elle de dévaster tout ordre humain, quel qu'il soit. Peut-être la société humaine ne peut-elle vivre qu'en la faisant taire : « Bien sûr, il fallait tuer Lydia. Il y aura toujours des hérissons écrasés sous nos convois victorieux. Il y aura toujours des captifs murés vivants dans les remparts de Ninive. Prends garde à la pitié, Krauss. Prenez garde à la pitié. Si jamais vous entendez chuchoter en vous cette voix des profondeurs, étouffez-la, bâillonnez-la de vos deux mains. Elle s'élèverait en tempête et balaierait l'empire des hommes. » La pitié est peut-être destructrice, peut-être impossible. La pitié n'est peut-être qu'une vaine et folle protestation contre la loi du monde. Il n'est pas prouvé qu'il y ait un accord possible entre la pitié et la vie.

Peut-être la pièce pouvait-elle finir sans grand dommage à l'instant où Hagen disparaît pour toujours, après avoir laissé à son ami Krauss cet avertissement testamentaire, mais j'avais encore à régler le sort d'un personnage, de cet Adler peu communicatif qui n'avait fait que traverser parfois l'action sans s'y mêler et qui était resté introuvable à l'arrivée de la patrouille de police. Je reconnais volontiers que cette disparition n'est qu'un petit artifice de théâtre, destiné à maintenir jusqu'à la dernière seconde le dénouement dans l'incertitude en laissant supposer qu'Adler a pu alerter le poste de l'Ouest. Mais Adler fugitif a été repris. Il mourra avec les autres. Le rôle que doit jouer ce prêtre-militant, qui tentait lui aussi de franchir la frontière, mais de l'Ouest vers l'Est, pour aller aider ceux de sa foi dans la lutte et la persécution, n'est pas d'apporter à l'action une fin « heureuse », mais de reprendre en quelque sorte à son compte cette pitié, à laquelle Hagen n'a pu consentir qu'au prix d'un insoluble désaccord avec lui-même, pour l'affirmer positivement, pour en faire une valeur, une étoile de la conduite humaine. Qu'on m'entende bien. Adler n'est pas, plus que Hagen ou Krauss, mon porte-parole. Il parle en son nom, et non pour moi. Pour qu'il en fût autrement, il faudrait que j'eusse sa foi. Je ne l'ai pas. Le fait est que le christianisme a indiqué une solution au conflit déchirant de l'exigence humaine et de l'ordre du monde. Il me semblait important que la parole lui fût donnée, au terme de l'action, dans un conflit dont la pitié était le centre. Mais qu'il soit bien entendu que je n'ai pas voulu imposer une conclusion, ou même un choix en forme de dilemme. Au spectateur de choisir ou de ne pas choisir. La brève confrontation de la dernière scène entre Krauss et Adler laisse pour moi l'un et l'autre debout dans sa vérité, aux deux bords d'un abîme que je ne prétends pas les aider à franchir. Qu'il soit bien entendu qu'il s'agit d'une touche finale, et non d'un épilogue moralisateur : et si l'on m'objecte l'accent de la dernière phrase d'Adler, qui est la dernière phrase de la pièce : « Je m'appelle Lazare », je dirai que le son en quelque mesure prophétique qu'elle paraît avoir est inséparable de son ambiguïté même, de cette ambiguïté qui doit subsister au terme de la représentation dramatique pour laisser au spectateur sa liberté de conclure. Qu'Adler se nomme Lazare, du nom même, du vrai nom de baptême de Krauss, le spectateur a le droit de ne voir là qu'une coïncidence, comme cette spectatrice qui s'écria un soir en entendant

cette phrase, avec une candeur charmante :
« Tiens ! Lui aussi ! » Dans le jeu des prénoms
que j'ai voulu jouer autour du personnage de
Krauss, le policier Lamers, l'homme de la mort,
porte le nom que Krauss s'est donné, le nom du
jeune et beau Johann, l'homme de l'amour ; et le
prêtre Adler, l'homme de la pitié, porte le vrai
prénom de Krauss, de Krauss l'exécuteur. Dans
l'état de dévastation intérieure où le laissent ces
morts qu'il a courageusement, implacablement
prises à son compte, la mort de Lydia, petite
fiancée du hasard et de la nuit, la mort de Hagen,
le compagnon de lutte, le camarade, Lazare
Krauss ne peut pas n'être pas laissé interdit par
le dévoilement de cet autre Lazare, de cet autre
lui-même qu'il va aussi faire tuer, qu'il doit aussi
faire tuer, par ce nom qui unit la victime au
bourreau, à l'instant même du supplice, dans une
commune enfance : « Pour moi aussi, une mère a
choisi le nom de Lazare. » *L'enfant qu'elle a été,
comme vous,* disait Hagen à Werner. Krauss va
tuer aussi l'enfant Lazare, l'enfant qu'Adler a
été, l'enfant qu'il a lui-même été.

Mais par une autre coïncidence, ce nom qui est
en même temps celui de Lazare et de Krauss est
aussi le nom d'un autre Lazare, de Lazare le res-
suscité. La dernière victime de Krauss en qui
Krauss déchiré semble se sacrifier lui-même porte
le nom de la résurrection. Je ne demande pas au
lecteur de croire, mais je lui laisse le droit de
croire, s'il le désire, que les derniers mots du der-

nier vivant apportent à Krauss une annonce mystérieuse : « C'est en toi que je ressusciterai. » Il peut se faire que Krauss soit déjà, sans le savoir encore autrement que par sa souffrance, contaminé par ses victimes : « Votre sale pitié qui se gagne comme une maladie » vient-il de dire avec rage. Pensait-il seulement à Hagen ? Ne pensait-il pas à lui-même ? La pitié n'est-elle pas déjà en lui, ne commence-t-elle pas dans l'inflexible adolescent la marche obscure qui fera un jour de lui un nouveau Hagen ou un nouvel Adler ? Adler, lui, n'a plus rien à dire. Il se joint au petit groupe silencieux qui se fond dans la nuit noire, conduit vers le lieu de l'exécution. Krauss reste seul, immobile, debout, dans la salle déserte ; il attend seconde après seconde, battement de cœur après battement de cœur, le « tout est fini » des détonations lointaines comme s'il allait lui-même recevoir dans sa poitrine le coup mortel. La maison est vide, plus vide qu'aucune maison ne fut jamais. « Il n'y aura pas de matin », tel était d'abord le titre de la pièce. Il affirmait ce qui doit rester dans l'incertitude. Peut-être la nuit n'aura-t-elle pas de fin. Peut-être. Peut-être y a-t-il un troisième jour. Peut-être vient-il une aube où dans la froide lumière un mort se lève d'entre les morts, et où Jacob est terrassé.

Janvier 1954.

LA MAISON
de
LA NUIT

LA MAISON DE LA NUIT

a été jouée pour la première fois au THÉATRE-HÉBERTOT, *le 12 octobre 1953.*

PERSONNAGES

dans l'ordre d'entrée en scène

LA COMTESSE	Annie Cariel
ADLER	Jean Schetting
LYDIA	Annie Noël
LUDWIG HAGEN	Michel Vitold
FRANZ WERNER	Roger Hanin
CATHERINE EISENLOHR (secrétaire de Franz Werner)	Dominique Chautemps
KLOSSOWSKI	Robert Bazil
LAZARE KRAUSS	Pierre Vaneck
LISE WERNER (femme de Franz Werner)	Marcelle Tassencourt
LE LIEUTENANT DE GARDES-FRONTIÈRES	Bernard Aldone
UN GARDE-FRONTIÈRE	Jacques Porteret
UN GARDE-FRONTIÈRE	Pierre Nègre
UN GARDE-FRONTIÈRE	Etienne de Swarte
LE POLICIER LAMERS	Georges Vanet

Mise en scène
de Michel Vitold et Marcelle Tassencourt
Décor de George Wakhevitch

DÉCOR

Le décor représente l'intérieur d'une maison de la zone frontière entre deux républiques d'Europe centrale, une république populaire à l'Est soumise à la dictature du Parti, une république libérale à l'Ouest. L'intérieur a dû être dévasté par la guerre et n'a été réparé que sommairement. Le mobilier est composé d'éléments disparates, des caisses, des bidons d'essence, une table faite d'une grande planche sur des tréteaux, un poêle de style allemand, quelques meubles d'un luxe inutile : un fauteuil dépenaillé, une tenture très belle, presque seigneuriale, une horloge superbe. Au début de la représentation, l'horloge marque l'heure réelle où commence la pièce, et continuera de marquer l'heure exacte jusqu'au bout, l'action se déroulant dans le temps réel de la représentation, approximativement de 9 heures à minuit.

ACTE I

SCÈNE I

La comtesse, Adler, Lydia

Adler et la comtesse sont devant un échiquier. Lydia est immobile, les mains inoccupées. On sent qu'elle a l'habitude du désœuvrement et de l'attente.

La comtesse, *prenant une pièce sur l'échiquier.*

Je fais l'échange, monsieur Adler.

Adler, *prenant une pièce à son tour.*

Vous jouez trop vite. Ils devraient bientôt être là.

La comtesse

Qui ?

Adler

Ceux que Klossowski est allé chercher. (*Coups de feu au loin.*) Sur qui tire-t-on, mademoiselle Lydia ?

Autres coups de feu.

Lydia, *avec une sorte d'indifférence.*

Sur eux.

Adler

Ils traversent la zone interdite ?

Lydia

La zone interdite. La ligne des postes. Les fils de fer. Les projecteurs. Le terrain découvert avec les pièges. Le ruisseau.

La comtesse

Le ruisseau, c'est le pire. Je n'ai jamais pu supporter l'eau froide. Je voulais m'en retourner. Je disais au passeur : « J'aime mieux mourir. » Il m'a dit : « Moi pas. » Il m'a jetée dans l'eau, comme un sauvage. Notez qu'il a bien fait. A vous, monsieur Adler.

Adler

Ils n'ont pas le droit de poursuivre au delà du ruisseau.

Lydia

Quelquefois, ils le font.

Nouveaux coups de feu.

La comtesse

Mais c'est une vraie fusillade. Vierge Marie, Mère immaculée de Dieu, veillez sur leurs âmes. Pour les corps, il ne faut pas trop compter sur vous.

Adler

L'alerte est-elle donnée souvent ?

Lydia

Quelqu'un qui est imprudent. Ou bien un

changement dans l'horaire des patrouilles. Quelquefois Klossowski est prévenu. Quelquefois il n'est pas prévenu.

Abois lointains.

La comtesse

Qu'est-ce que c'est ?

Lydia

Les chiens.

Adler

Ils ont lâché les chiens ?

La comtesse

Des chiens contre des chrétiens. Les cannibales. (*Abois plus proches.*) Les voilà plus près.

Adler

Ils sont sur la piste.

Lydia

Ils cherchent la piste. Ils se répondent. Quand ils ont trouvé la piste, ils n'aboient plus. Rien que leur souffle. Ce qu'il faut, c'est qu'ils ne se taisent pas.

La comtesse

Des chiens ! Contre mon mari aussi ils ont lancé les chiens. Quand les paysans, des valets de ferme, Monsieur, des brutes, sont venus dire à mon mari qu'on allait partager les terres, il a pris un fusil, vous pensez bien. Alors ils lui ont lié les mains, ils ont attaché sur lui une peau de sanglier toute fraîche, et ils lui ont dit :

« Cours. » Et ils suivaient sur les chevaux avec les trompes de chasse. Et ils riaient. Ses propres chiens, Monsieur. Ses propres paysans. Ils l'ont fait déchirer par ses chiens. Lui, leur seigneur. Un homme qui leur avait fait la moitié de leurs enfants. Un homme qui les battait comme s'il avait été leur père.

Lydia

Il y a du brouillard. Dans le brouillard, les chiens perdent leur flair.

La comtesse

Qu'est-ce que je disais ? Ah oui ! Ensuite, ils sont revenus et il m'ont dit : « Toi, va-t'en. On s'amuserait bien un peu avec toi comme ton mari faisait avec nos filles. Mais tu es trop vieille. » Trop vieille ! Des monstres, je vous le dis.

Lydia

Les chiens n'aboient plus.

La comtesse

Tant mieux.

Adler

Vous croyez ?

Lydia

Les chiens n'aboient plus, les chiens ont pris la piste.

La comtesse

Qu'est-ce que je vous disais ?

ADLER

Je ne sais plus.

La comtesse

Moi non plus. Cela n'a d'ailleurs pas d'importance. Le pauvre comte, mon mari, me disait toujours : « Tu ne sais plus ce que tu disais. Cela n'a pas d'importance. Tu n'as qu'à dire autre chose. » Ils l'ont tué. Je ne crois pas que cela suffise pour lui donner le Paradis. Il me disait aussi : « Vous irez en Paradis, ma chère. C'est là que vont les femmes vertueuses ! Moi, je préfère aller là où vont les autres. » (*Un ou deux coups de feu. Abois des chiens.*) Encore ! Ils ne sont pas loin.

Lydia

Les chiens sont arrêtés au bord du ruisseau. Klossowski et les autres ont dû passer l'eau à temps.

La comtesse

Ils sont sauvés ?

Lydia

Oui, s'ils ont assez d'avance. Si les gardes-frontières ne traversent pas.

Adler

A quelle distance est le ruisseau ?

Lydia

Cinq minutes, il y a un sentier.

LA COMTESSE, *à Adler.*

Vous n'êtes pas passé par là ?

ADLER

Non.

LA COMTESSE

Vous n'êtes pas un réfugié de l'Est ?

ADLER

Pas tout à fait.

LA COMTESSE

Ah ! un contrebandier ?

ADLER

Presque.

LYDIA, *qui écoute toujours.*

Ils sont sur le sentier. J'entends leurs pas.
Elle éteint la lumière.

LA COMTESSE

Pourquoi éteignez-vous... ?

LYDIA

Il ne faut pas les faire voir dans la lumière de la maison.

VOIX DE KLOSSOWSKI, *à l'extérieur.*

Lydia, la porte, vite !

Lydia ouvre. Dans l'ombre, entrent rapidement Werner, Catherine, Hagen, puis Klossowski. Lumière.

SCÈNE II

Les mêmes, Klossowski, Werner,
Catherine, Hagen

Les compagnons de Klossowski semblent fatigués et ont quelque peine à retrouver leur calme.

Hagen

De justesse !

La comtesse

Quelle époque ! Des femmes de la bonne société qui doivent passer les frontières comme des hors-la-loi ! S'il n'y a pas un Enfer pour punir ces gens-là, c'est que Dieu ne sert plus à rien.

Klossowski

Personne n'est blessé ?

Hagen

Personne. Mais il manque quelqu'un.
Klossowski se sert à boire, d'un air de parfaite indifférence.

La comtesse

Il manque quelqu'un ?

Hagen

Mon camarade. Il s'est écarté de nous avant le

ruisseau. Quand deux pistes se séparent, les chiens hésitent, et l'on gagne du terrain.

Catherine

Vous croyez qu'il a pu lui arriver malheur ?

Hagen

Je ne le pense pas. Il est jeune et leste.

Il se lève.

Lydia

Il n'arrivera pas jusqu'à la maison dans ce brouillard.

Elle va vers la porte. Klossowski, toujours très tranquille, bourre une pipe.

Hagen, *se levant.*

Je vais avec vous.

Catherine, *se levant.*

Nous aussi, Franz.

Klossowski

Non. (*Silence un peu étonné.*) Lydia seule. Il fait plus noir que dans le derrière d'un nègre. Si vous allez vous promener, vous vous perdrez, et si vous vous perdez, je n'irai pas vous chercher.

Werner

Mais ce jeune homme ?

Klossowski

S'il a pu passer le ruisseau, Lydia sait où le trouver. Sinon, il n'a plus rien à demander à personne. Il faut bien que ces choses-là arrivent de temps en temps. Vu d'un certain côté, c'est même indispensable. Vous comprenez ? Non. C'est pourtant simple. Les gardes-frontières de la République de l'Est, ce sont des douaniers. Des douaniers pour la contrebande humaine, rien de plus. Il faut qu'ils livrent quelques malchanceux chaque semaine à la police d'Etat, pour montrer qu'ils font leur travail. S'ils ont pris quelqu'un cette nuit, dans notre coin, nous serons plus tranquilles la nuit prochaine.

Hagen

Vous avez du monde toutes les nuits ?

Klossowski

Toutes les nuits, de la Baltique aux monts de Bohême, ils sont peut-être quinze cents à ramper sous les barbelés, à se faufiler vers nous à plat ventre, en essayant de se faire aussi silencieux que le glissement des nuages sur la lune. Un peu plus, les nuits sombres. Un peu moins, les nuits claires. Cela devient de plus en plus difficile. Mais ils sont toujours aussi nombreux.

Hagen

Cette frontière de fer est trouée comme une écumoire.

Klossowski

Des officiers de l'ancienne armée, qui vivaient dans les forêts depuis douze ans, et qui, un jour, ont eu un peu trop envie d'une chemise propre, d'un repas dans un restaurant bien éclairé, d'une salle de bains. Des nobles. Des bourgeois. Des évadés des camps. Peu nombreux, les évadés des camps.

Hagen

Des ouvriers ?

Klossowski

Des ouvriers. Des paysans qu'on a chassés de leurs terres. Ceux qui en ont assez d'avoir faim. Ceux qui en ont assez d'avoir peur. Ceux qui passent avec toute leur famille. Des portées de cinq, de six. Ils en perdent en route, bien entendu. Ils ne retournent pas les chercher. L'autre jour, une femme est entrée ici. Elle serrait un foulard sur la bouche de l'enfant qu'elle tenait dans ses bras. De toutes ses forces. Pour l'empêcher de crier, vous comprenez. Quand nous avons desserré les doigts, l'enfant était mort, étouffé depuis longtemps. Pas de danger qu'il crie !

La comtesse

Taisez-vous, Klossowski ! Vous allez faire peur à la jeune dame.

Klossowski

Une autre fois, une vieille paysanne, près du ruisseau. En fait, elle n'était plus vieille ni jeune. Elle était morte. Elle portait sur son cœur une machine à coudre. A quatre-vingts ans, ramper sur un quart de lieue, au milieu des patrouilles, des chiens, des fils de fer et des mitrailleuses, avec une machine à coudre ! Avouez que c'est une bonne histoire.

La comtesse

Une folle.

Klossowski

Notez-le bien. Elle avait eu de la chance. Ils n'arrivent pas tous jusqu'à la frontière. Les trains sont dangereux. Les trains sont surveillés. J'ai de l'autre côté un camarade, un mécanicien qui cache ceux qu'on lui envoie dans le réservoir d'eau de sa locomotive. Mais quelquefois, ils viennent de trop loin. Ils sont trop faibles. Ils ne tiennent pas leur tête au-dessus de l'eau assez longtemps.

La comtesse

Vos histoires de morts sont très intéressantes. Mais nous autres, nous sommes vivants. Qu'allez-vous faire de nous ?

Entrent Lydia et Krauss. Lydia tient Krauss par la main, le regarde un instant avant de lâcher cette main, le regarde encore.

SCÈNE III

Les mêmes, Lydia, Krauss

Catherine

Enfin. J'avais peur pour lui.

Hagen

Quelle jolie arrivée ! Ils ont marché l'un près de l'autre sans se voir, et se découvrent dans la lumière. Krauss, mon ami, reviens sur la terre. Tu étais perdu ?

Krauss, *riant.*

Oui. Je suis allé trop à droite, puis trop à gauche. Je crois que j'aurais pu tourner autour de cette maison jusqu'au matin. Pas la moindre lueur.

Klossowski

Pas la moindre. Chaque soir, tout le long de cette frontière, les volets se ferment, et les portes se verrouillent, et chacun est tapi chez soi, en attendant que la nuit passe. Nos ancêtres, il y a cent mille ans, chaque fois que le soleil se couchait, se demandaient si ce n'était pas pour toujours, et ils pleuraient de peur dans leurs tanières. Tout le long de cette frontière, chaque soir, on se pose aussi la question.

Lydia n'a pas cessé de regarder Krauss.

Lydia

Vous ne voulez pas une place près du feu ?

Krauss

Merci. Cela va bien.

Lydia

Vous devriez boire quelque chose.

Hagen

Tu as de la chance, Krauss. On ne nous a rien offert, à nous.

La comtesse

Dites-moi, il est joli garçon, le nouveau venu. Jeune demoiselle, quand vous allez à la pêche aux voyageurs égarés, avez-vous toujours la main aussi heureuse ?

Lydia se détourne brusquement et sort.

Catherine

Vous l'avez effarouchée.

Klossowski

Elle n'aime guère qu'on plaisante sur ce sujet. Elle n'aime guère qu'on plaisante, d'une façon générale. Mal tombée avec moi.

Krauss

C'est votre fille ?

Klossowski

Pas à ma connaissance. Elle a été déposée ici par une colonne de fuyards, dans la débâcle de 45. Comme moi. La maison avait perdu ses habitants. Moi, j'avais perdu ma maison. Nous étions faits pour nous entendre. J'ai ramassé la fille — elle avait bien dix ans — pour meubler la maison. Je l'ai ramassée sur le bord de la guerre, avec les bidons, le fauteuil et l'horloge. L'horloge, c'est ce qu'il y a de mieux. Je serais bien incapable de vous dire d'où elle vient.

La comtesse

L'horloge ?

Klossowski

La fille, Lydia. Ce qu'elle avait pu voir avant d'échouer ici, je n'en sais rien : son village brûlé, la danse de nos bonshommes pris dans la nappe des lance-flammes, des jambes et des bras oubliés un peu partout, dans la campagne ; une compagnie de combattants d'élite en train de s'amuser avec sa mère... Mais ce qu'elle a vu, elle ne cessera plus jamais de le voir. La virginité que les petites filles ont perdue à ce moment-là, dans nos pays, ce n'est pas une virginité ordinaire. De ce qui s'est passé, elle n'a jamais dit un mot. Elle ne dira jamais un mot.

Catherine

Elle n'a jamais voulu... partir ?

Klossowski

Partir ? Pour aller où ?

La comtesse

Les femmes ne partent pas. On les emmène. Un homme l'emmènera un jour. Il en passe en quantité suffisante, par ici.

Hagen

Je pense que le plus souvent, ils ont autre chose en tête. Qu'en dites-vous, Monsieur, qui ne dites rien ?

Adler

Je ne dis rien, en effet. Il y a tant à entendre.

La comtesse

Tenez, le jeune homme blond par exemple, le nouveau venu. Je suis sûre qu'il a sa chance. Comment vous appelez-vous ?

Krauss

Je m'appelle Krauss, Lazare Krauss.

La comtesse

Lazare ? C'est un prénom qui sent le tombeau. Vous avez tort de vous appeler Lazare. Quand j'étais jeune fille, je n'aurais pas pu aimer un homme qui se serait appelé Lazare.

Hagen

Monsieur Klossowski, votre accueil est charmant. Mais je pense qu'aucun d'entre nous n'a l'intention de s'installer chez vous pour l'hiver. Quand repartons-nous ?

Klossowski

Je n'en sais rien.

Werner

Vous n'en savez rien ?

La comtesse, *sarcastique et vengeresse*.

Il n'en sait rien.

Krauss

Je ne vois pas ce qui pourrait nous retenir ici.

Klossowski

Vous ne voyez pas. Moi, je vois.

Werner

Sommes-nous sur le territoire de la République de l'Ouest, oui ou non ?

Klossowski

Oui et non.

Catherine

Monsieur Klossowski, où sommes-nous ?

Klossowski

Vous êtes entre le oui et le non. Entre la nuit et le jour. Entre la mort et votre chère vie. Vous êtes dans le bassin de l'écluse. Sauvés si c'est cette porte qui s'ouvre. Perdus si c'est celle-là. *(Il ouvre la porte.)* Voyez, je l'ouvre. Rassurez-vous. Je la referme. Là d'où vous venez, tout était trop simple. Là où vous allez, tout est très simple aussi. Sans poésie. Ma maison est poétique. Arrêtez-vous un instant pour goûter cette divine incertitude. Vous n'êtes nulle part.

Hagen

Il me plaît, ce Klossowski.

Klossowski

Vous êtes dans le pays qui n'est à personne. La frontière, c'est le ruisseau. Vous avez franchi la frontière. Vous êtes sous la protection juridique de la République de l'Ouest. Seulement, voilà.

Le poste-frontière de la République de l'Ouest est par là. Un peu plus loin.

Krauss

Les patrouilles ?

Klossowski

Les patrouilles de l'Ouest ont le droit de venir ici. Mais elles ne viennent pas. Les patrouilles de la République populaire, elles, n'ont pas le droit de venir. Elles ne viennent pas non plus, en principe.

Werner

En principe ?

Klossowski

Oui. Il y a trois mois, des hommes de la police d'Etat de l'Est m'ont fait l'honneur de venir ici boire quelques verres. Un de mes clients a dû leur paraître particulièrement sympathique. Alors, en repartant, ils l'ont emmené.

La comtesse

Et vous n'avez pas protesté ?

Klossowski

Chère Madame, c'était lui, ou lui et moi par-dessus le marché. Il me faut faire quelques concessions si je veux continuer mon petit commerce. Remarquez que l'enlèvement a fait toute une histoire. Note diplomatique. Ils n'ont pas rendu le bonhomme : ils auraient sans doute été bien en peine.

Werner

Vous ne pensez pas que vous avez une responsabilité à l'égard de ceux dont vous vous chargez d'assurer le passage ?

Klossowski

Une responsabilité de cinq cents marks. Vous les avez payés. C'est la preuve que vous pensiez faire une bonne affaire. Ma vie à moi, je la compte aussi pour un peu plus de cinq cents marks. Si on vient me donner le choix : ma vie contre la vôtre, qu'est-ce que je fais, d'après vous ?

Adler

Il me semble que Monsieur Klossowski a raison, de son point de vue.

Krauss

Bien. Nous ne sommes donc pas en sécurité ici. Je pense que tout le monde est d'accord. Nous pouvons nous présenter au poste de l'Ouest dans dix minutes.

Klossowski

C'est que, précisément, le poste de l'Ouest n'est pas d'accord.

La comtesse

Moi, je suis ici depuis la nuit dernière !

Catherine

Enfin, que se passe-t-il ?

Klossowski

La frontière de l'Ouest est fermée depuis quarante-huit heures. Fermée hermétiquement. Jusqu'à nouvel ordre. Le poste m'a fait passer la copie de l'avis officiel.

Catherine

La frontière est fermée ? Pourquoi ?

Klossowski

Mesure exceptionnelle. Peut-être ont-ils estimé que les bons amis d'en face avaient glissé un peu trop d'agents secrets parmi les réfugiés, ces derniers temps. Ou bien, ils ne savent plus où mettre leur monde. Au camp d'accueil de Wildwald, un camp d'accueil avec des barbelés, naturellement, la première étape de la liberté, il y a sept mille internés provisoires dans des baraques prévues pour quinze cents.

La comtesse

Je vous le disais !

Catherine

Franz !

Werner

Ne craignez rien, Catherine. Cela va s'arranger.

Hagen

Hé bien ! passons à travers la campagne. Nous avons pu franchir la première frontière. La seconde ne doit pas être pire.

La comtesse

Bien entendu. Ce doit être un jeu d'enfant.

Klossowski

Essayez si vous voulez. Vous essaierez sans moi. De ce côté-là je dois être encore plus prudent. Je travaille d'accord avec les autorités. D'ailleurs, je préfère vous prévenir : patrouilles triplées, détachements venus de l'intérieur en renfort. Tous ceux qui seront surpris sans papiers en règle dans une région de cinquante kilomètres au delà de la frontière seront refoulés et remis aux postes orientaux. On ne plaisante pas non plus de ce côté-là.

Krauss

Et cela peut durer... ?

Klossowski

La dernière fois, cela a duré une semaine.

Werner

Vous auriez pu nous prévenir quand nous sommes arrivés au rendez-vous, à Diesdorf.

Klossowski

Vous prévenir ? Vous vouliez passer quelques jours à Diesdorf, vous, des étrangers au pays, dans un village-frontière, avec les hommes de la police d'Etat qui fouillent les maisons chaque nuit ? Il n'y a pas une cachette sûre à Diesdorf. L'air de la maison Klossowski n'est peut-être pas tout à fait sain, mais je vous jure qu'il est plus sain que celui de Diesdorf.

Hagen

Sans parler des deux mille marks que nous

représentons, à nous quatre, et qui étaient, eux aussi, dangereusement exposés. Vous avez agi sagement, Klossowski.

Krauss

Dans ces conditions, que faisons-nous ?

Klossowski

Nous attendons. J'ai des lits pour tout le monde, tout ce qu'il faut pour manger à sa faim, un jeu d'échecs, des dés, un peu de tabac, beaucoup d'alcool. Je vous offre aussi le plaisir de ma conversation. Je ne crois pas que les hommes puissent compter sur la compagnie amoureuse de Lydia. Je le regrette pour eux. Je manque un peu de femmes. Si vous voulez, avant de souper, aller choisir vos lits...

Hagen

Il me semble qu'il n'y a rien de mieux à faire pour le moment.

La comtesse

Nous autres, nous sommes installés. Nous achevons notre partie, monsieur Adler ?

Adler

Bien volontiers, Madame.

Klossowski

Venez. Nous allons vous montrer les chambres.

Sortent Klossowski, la comtesse, Adler, Hagen et Krauss.

SCÈNE IV

Werner, Catherine

Werner

Vous savez maintenant où je vous conduisais, Catherine.

Catherine

Je crois bien que je le savais déjà.

Werner

Vous ne m'avez rien demandé.

Catherine

Je n'avais rien à demander. J'étais avec vous.

Werner

Je vous ai arrachée au pays où vous étiez née, où vous aviez vécu...

Catherine

Il n'était plus le mien, s'il n'était plus le vôtre.

Werner

A une espèce de sécurité...

Catherine

Je tremblais jour et nuit. Je tremblais pour vous.

Werner

Vous ne regrettez rien ?

Catherine

Je suis contente.

Werner

Vous ne pensez pas que j'aie abusé de votre confiance ?

Catherine

Je peux vous répéter exactement vos paroles : « Dans quelques jours, je partirai. Je ne peux pas vous dire pourquoi je pars. Je ne peux pas vous dire où je vais. Viendrez-vous avec moi ? » Je suis venue. Aveuglément, comme vous me l'avez demandé. Il ne fallait pas vous poser de questions. Je ne vous ai pas posé de questions.

Werner

Vous n'avez pas hésité ? Pas une heure ?

Catherine

J'ai pensé seulement... Pardonnez-moi de vous dire cela, Franz. J'ai pensé seulement que vous auriez pu avoir confiance en moi, vous aussi. Mais puisqu'il fallait fermer les yeux, j'ai fermé les yeux. J'ai été heureuse de vous donner cela.

Werner

Je pourrais invoquer comme excuse l'envie que j'avais de... mesurer mon pouvoir sur vous. Ce ne serait pas vrai. La vérité est plus triste. J'ai eu peur.

Catherine

Peur de moi ?

Werner

Peur que vous ne vouliez pas me suivre, je crois.

Catherine

Soyez tout à fait sincère.

Werner

J'essaie.

Catherine

Vous avez pensé qu'après tout vous n'aviez pas la preuve que je n'étais pas un agent du parti, qu'après tout j'allais peut-être vous dénoncer. Vous avez pensé qu'il ne fallait pas se fier à moi, parce qu'il ne fallait se fier à personne.

Werner

Ce n'est pas vrai.

Catherine

C'est vrai.

Werner

C'est vrai, Catherine. A ma place, auriez-vous parlé ?

Catherine

Je ne sais pas.

Werner

C'est à cela que j'ai voulu m'arracher, Catherine, que j'ai voulu vous arracher. A ce monde où la femme doit se méfier de son mari, le frère de son frère. A ce monde où un fils écrit au tribunal où son père comparaît pour trahison : « Je demande que mon père soit condamné à mort et je demande qu'on lui lise ma lettre. » A ce monde où l'on doit acheter la vie — non pas même la vie, quelques mois, quelques jours de vie — au prix du dégoût de soi-même. Mais le temps de la peur est fini. Fini, le temps de la honte.

Catherine

Le temps de la honte, peut-être. Le temps de la peur, pas encore tout à fait.

Werner

Que voulez-vous dire ?

Catherine

Vous avez entendu le passeur. Pour nous reprendre, les hommes de la police d'Etat de Zessler n'auraient qu'à tendre la main. S'ils vous savaient ici, croyez-vous qu'ils hésiteraient ?

Werner

Le danger qui nous menace ici est peu de chose auprès de ceux que nous avons traversés cette nuit. Nous allons être heureux, Catherine. Il ne faut plus penser qu'à cela.

Catherine

Franz, cher Franz, n'allez pas trop vite. Le bonheur ne peut pas nous être donné si facilement, un bonheur sans inquiétudes, sans scrupules, impitoyable. On n'a pas droit à un bonheur que l'on n'a pas payé. Je me sens coupable, Franz.

Werner

Coupable ?

Catherine

Coupable de ce que vous avez fait pour moi, et j'ai peur qu'un jour, vous aussi, vous ne vous sentiez coupable. On ne laisse pas un passé derrière soi comme on laisse une frontière. Votre femme, Franz... Je sais que vous aviez toutes les raisons de vous séparer d'elle, même... même sans moi. Mais on n'est pas quitte à si bon compte, Franz, on ne peut pas être quitte à si bon compte avec l'existence des autres. Va-t-elle être là, près de nous, autour de nous, invisible, inévitable, présente de la pire présence, de la présence des victimes ? Toujours, toujours là ?

Werner

C'est elle, entendez-vous, c'est elle qui m'a forcé à la quitter. Je lui ai offert de partir avec moi. C'était une grande imprudence. Mais elle était ma femme. Je crois qu'il reste entre un mari et sa femme, quand il ne reste plus rien d'autre, quelque chose de profond, d'intime et de misérable, la solidarité de deux compagnons de chaîne qui auraient fait, au cours des années, tant de milliers de pas ensemble vers la mort.

Catherine

Franz, c'est elle qui a refusé de vous suivre ?

Werner

Elle m'a juré que je ne partirais pas. Qu'elle saurait m'en empêcher. Qu'elle allait à l'instant même dénoncer mon projet à ses amis du parti.

Elle en était capable. Voyez-vous, Catherine, j'aurais pu pardonner à Lise tous ses torts envers moi, et même d'être, au sens propre du mot, insupportable. Je ne pouvais pas lui pardonner la vulgarité de tous ses sentiments, de toutes ses pensées. Une médiocrité irrémédiable.

Catherine

Les médiocres ne sont pas responsables de leur médiocrité. Ils n'ont pas choisi la médiocrité. Ils ont été choisis par elle. Le pire est qu'ils sentent parfois qu'il y a autre chose. Comme un langage qu'ils ne sauraient pas.

Werner

Elle ne pouvait rien laisser vivre auprès d'elle qui ne fût à son niveau. Elle s'était attaquée à moi, depuis longtemps. Elle m'aurait pardonné plus facilement des maîtresses que des pensées hors de son atteinte. Savez-vous qu'elle s'était mis en tête de me faire rallier au Parti ? Ce n'était pas par conviction, mais parce que l'indépendance que je cherchais à garder comportait des risques, des obstacles pour ma carrière politique. Elle voulait me faire consentir à toutes les concessions, à toutes les lâchetés. Elle y serait parvenue.

Catherine

Non, Franz.

Werner

Elle y serait parvenue, Catherine. Elle y serait parvenue sans vous. C'est cela que je voulais vous dire en vous parlant de médiocrité. La médiocrité de Lise était aussi en moi, elle trouvait un écho en moi. Nous avions commencé de pourrir l'un par l'autre. Si vous êtes coupable, comme vous le dites, c'est de cela que vous êtes coupable. Coupable de m'avoir sauvé.

CATHERINE

Ne l'avez-vous jamais aimée, Franz, jamais vraiment aimée ?

WERNER

Où commence, où finit l'amour ? Les choses ne sont pas si simples, même pour les corps. Qui peut dire tout ce qu'il peut y avoir, dans l'étreinte de deux corps, d'angoisse devant la solitude et devant la mort, de comédie, de haine, de tendresse, d'injure, de pitié, de ressentiment ? Vous n'êtes pas jalouse de cela, Catherine ?

CATHERINE

Je ne suis pas jalouse. Je ne suis plus tout à fait assez jeune pour croire que l'amour crée un droit de détruire le monde autour de celui qu'on aime. Je vous aime assez pour n'être pas jalouse. Pourtant, je crois que je serais contente que vous le soyez un peu.

WERNER

Je le serai. Je vous le promets.

Il prend Catherine dans ses bras.

CATHERINE

C'est cela. Vos bras. Vos bras autour de moi,

vos bras et rien d'autre. Rien que demain, et après-demain, et toute une vie dans vos bras.

Werner

Toute une vie, Catherine. Imaginez-vous cela ? Nous allons avoir l'Europe à nous. L'Allemagne, qui reverdit de toutes ses villes comme une forêt après l'incendie. Les palais de Paris sous le ciel le plus humain du monde. L'Angleterre dont les falaises surgissent de la brume comme l'or d'une couronne posée sur la mer. La pauvreté lumineuse de l'Italie, cette misère de soleil et de marbre, plus riche de chants et de joie que toute la richesse du monde. Vous ne connaissez pas l'Europe, Catherine ?

Catherine

Je ne connais rien. J'avais seize ans en 40. Mais si je connaissais l'Europe dans chacune de ses nations, dans chacun de ses villages, il me resterait à la découvrir, à la découvrir près de vous.

Werner

Je vous conduis vers le dernier refuge au monde où le bonheur ait encore le goût de la liberté.

Catherine

Franz, j'étais stupide tout à l'heure. Dites-moi que j'étais stupide.

Werner

Tout à fait stupide.

Catherine

Est-il vrai que sans moi... ?

Werner

C'est vrai.

Catherine

Savez-vous que c'est une grande douceur pour une femme de savoir qu'elle est, pour l'homme qu'elle aime, une source de force et non de faiblesse ?

Werner

Non pas pour toutes les femmes. Il est des femmes qui ne veulent pas que l'homme soit trop fort.

Catherine

Aucune femme ne veut que l'homme qu'elle aime soit trop fort. Mais certaines veulent être sa faiblesse. C'est leur revanche de femmes. Certaines veulent être sa force. C'est leur revanche de femmes aussi.

Werner

Vous êtes ma force. Vous êtes ma vie. Vous êtes à moi.

Catherine

Je ne suis pas à vous. Vous êtes vous et moi en une seule personne, et moi aussi, et nous deux ensemble.

SCÈNE V

Les mêmes, La comtesse, Adler

La comtesse, *rentrant avec Adler*.

J'ai perdu. J'ai horreur de perdre.

Adler

Excusez-moi.

La comtesse

Vous excuser ? De quoi ? J'ai horreur aussi qu'on me laisse gagner. Ce qui me plairait, c'est d'être la plus forte.

Catherine

Vous voyez, Franz.

Werner et Catherine sortent.

La comtesse

Vous me donnerez ma revanche ?

Adler

Certainement, si nous restons ici...

La comtesse

Même s'ils rouvrent la frontière, nous resterons pour la revanche.

Cri à l'extérieur.

Qu'est-ce que c'est ?

Une voix, *à l'extérieur*.

Quelqu'un ! Quelqu'un !

SCÈNE VI

Adler, La comtesse, *puis* Klossowski, Lydia, *puis une femme* (Lise)

Klossowski

On a crié ? Viens, Lydia !

Ils sortent.

La voix, *au dehors.*

Ne me laissez pas seule ici ! Quelqu'un !

Voix de Klossowski

On arrive.

La comtesse

Une femme. Comme l'autre, sans doute, avec sa machine à coudre. Mais celle-là crie trop fort pour être morte. Monsieur Adler, ne trouvez-vous pas que cet endroit est très intéressant ?

Voix de Klossowski, *au dehors.*

Allons, par ici. Entrez vite.

Klossowski et Lydia entrent avec une femme qu'ils soutiennent et la conduisent jusqu'à un siège ; la comtesse et Adler s'approchent.

La femme

Seule dans ce brouillard. Je ne savais plus où j'étais. Jamais... Jamais je n'ai eu aussi peur. J'ai froid.

Lydia

Elle a dû tomber en traversant le ruisseau.

La comtesse

Oui. Le reste n'est rien. Mais ce ruisseau. J'en ai eu jusqu'au ventre.

Adler

Seule. Ce qu'elle a fait, aucun de nous n'a osé le faire.

Klossowski

Il vaut mieux qu'ils ne soient pas trop nombreux à oser. Pour eux, et aussi pour moi. Lydia, donne-lui à boire. Vous arrivez de Diesdorf ?
La femme a bu à petits coups. Elle se lève sans répondre.

La femme

Il faut que je m'en aille.

Klossowski, *la retenant.*

Il faut que vous... Vous n'êtes pas folle, non !

La femme

Il faut que je m'en aille. Il le faut. Il faut que quelqu'un me conduise.

Klossowski

Personne ici ne vous conduira nulle part, vous m'avez compris ? Et maintenant vous allez me répondre. Vous arrivez de Diesdorf ? Seule, dans ce brouillard ? Qui vous a indiqué le chemin ? Qui ?

La femme

Il y avait un factionnaire, à la sortie du village. Un uniforme noir. Un casque.

Klossowski

Un garde-frontière. Alors ?

La femme

Je lui ai demandé le chemin de la maison Klossowski.

Klossowski

Au garde-frontière ?

La femme

Il a paru étonné. Il m'a regardée, puis il m'a dit : « Par là, tout droit. » Je lui ai demandé s'il ne pouvait pas me guider. Il m'a dit : « Vous allez un peu fort. » Bien sûr, il était de service.

Klossowski

Celle-là !

La comtesse

Elle ne doute de rien, la jeune dame.

La femme

Il y avait des fils de fer. J'ai trouvé une petite brèche à droite du chemin.

Klossowski

Oui. La chicane pour le passage des patrouilles. A trente mètres du poste. Evidemment, dans ce brouillard...

ACTE I - SCÈNE VI

La femme

Ç'a été très facile, jusqu'au ruisseau. Après, j'étais perdue. Toute seule dans la campagne. Toute seule sans rien voir...

Klossowski

Ç'a été très facile jusqu'au ruisseau. Vous entendez, vous autres. Pour nous, pour moi qui ai sept ans de métier, et plus de mille passages, et qui connais chaque motte de terre de ce sale coin : les mitrailleuses, et les chiens à nos trousses, et toute la frontière en ébullition, et la traversée à plat ventre... et elle... Personne ne la voit. Personne ne s'occupe d'elle. Personne ne bouge. Vous êtes morte, vous m'entendez. A l'heure qu'il est vous ne pouvez être que morte, une morte qui marche et qui parle. Ou bien il nous faut croire aux miracles. Vous n'aviez pas une chance sur mille d'arriver ici, pas une sur mille ! Et vous êtes tombée dessus. C'est à dégoûter du travail sérieux.

La femme

Des chiens ? Des mitrailleuses ?

Klossowski

Alors vous n'avez jamais entendu parler de la zone interdite ? Vous croyez qu'on peut, comme cela, aller faire un tour de l'autre côté, passer d'une nation à l'autre, d'un monde à l'autre, pour aller chercher du lait à la ferme, pour faire faire ses petits besoins à son petit chien ? Vous croyez que les gardes-frontières sont là pour renseigner les touristes ? Vous ne savez pas que cette aimable plaisanterie est punie de mort ?

La femme

Mais je ne veux pas passer la frontière. Je ne fais pas de politique. Je veux seulement aller à la maison Klossowski.

La comtesse

Je n'y comprends plus rien.

La femme

Il faut que j'aille à la maison Klossowski. Il le faut. Si personne ne veut me conduire, j'irai seule.

Klossowski

C'est le comble. Elle a passé la frontière sans s'en apercevoir...

La femme

J'ai passé... Mais ce n'est pas possible... Dites-moi où je suis. Vite, dites-moi où je suis.

Klossowski

Vous êtes sur le territoire de la République occidentale, si vous voulez le savoir. Occidentale, dans toute la force du terme. Je crois bien que vous vous êtes trompée de République comme on se trompe de rue au carrefour. Les plaques ne sont pas assez visibles.

La femme, *épouvantée*.

Je suis perdue.

Klossowski

En sept ans, j'ai vu beaucoup de choses. Mais je n'avais encore rien vu.

> *Depuis un instant, Krauss et Hagen sont entrés par le fond et observent la scène.*

Hagen

Tiens ! Il y a du nouveau.

> *Krauss fait un mouvement pour s'approcher du groupe. Hagen le retient.*

Restons où nous sommes. Il ne faut pas être indiscrets.

La femme

Ce n'est pas possible. Ils devaient m'avertir. Ils devaient...

Klossowski

Ils avertissent rudement, quand ils avertissent. Ne vous plaignez pas.

La femme, *avec une brusque résolution.*

Laissez-moi partir. Je veux retourner là d'où je viens.

Klossowski, *la maintenant.*

Si vous croyez que ce serait aussi facile.

La femme

Je veux retourner à Diesdorf. Vous ne m'arrêterez pas. Je passerai par où il faudra passer. J'irai jusqu'à la maison de Monsieur Klossowski. Où est la maison de Monsieur Klossowski ?

KLOSSOWSKI

La maison Klossowski, c'est ici ; et Klossowski, c'est moi.

LA FEMME

La maison... Mais alors...

KLOSSOWSKI

Hé oui ! Ma maison est du mauvais côté de la frontière. Du mauvais, pour vous. Du bon, pour moi. Vous ne vous en doutiez pas ?

LA FEMME

Un homme est arrivé ici cette nuit.

LA COMTESSE

Un homme ? Plusieurs hommes. Nous pouvons vous en donner... plusieurs.

LA FEMME

Un homme brun, assez grand. Avec une jeune femme. C'est pour lui que je suis venue. Où est-il ?

KLOSSOWSKI

Que lui voulez-vous, à cet homme ?

LA FEMME

Où est-il ? Je veux le voir.

ACTE I - SCÈNE VII

Klossowski

Vous voulez qu'on le fasse venir ?

La femme

Je veux le voir seul.

Klossowski

Bien. Venez par ici. Lydia, va avertir ce monsieur qu'il a une visite.

Tous trois sortent.

La comtesse, *à Adler.*

Les choses se compliquent. J'adore que les choses se compliquent. Et vous ?

Adler

Vous me parliez tout à l'heure d'une revanche aux échecs.

La comtesse

C'est vrai. Ma revanche. Venez.

Adler et la comtesse sortent. Restent Hagen et Krauss.

SCÈNE VII

Hagen, Krauss

Hagen

Hé bien ! Voilà une troisième invitée pour

notre partie de campagne. Qui sait ? Ce n'est peut-être pas la dernière. Des fêtes néroniennes dans le *no man's land*. Vois-tu cela ? J'ai toujours eu la nostalgie des plaisirs qu'on savait tirer des femmes, dans les belles décadences. La nuit dernière, à Diesdorf, sais-tu à quoi je rêvais ? J'étais assis avec d'autres hommes, dans une grande salle aux piliers épais, sombre et lumineuse, comme ce que nous imaginons des palais de Khorsabad ou de Persépolis. Des femmes passaient parmi nous, cuirassées dans des robes étroites et lourdes, d'une richesse insensée, les bras nus. Leurs visages ne s'abaissaient pas vers nous. Elles allaient et venaient dans une indifférence admirable, les yeux fixés droit devant elles, sans sourire — et pourtant nous savions que nous n'avions qu'un signe à faire. Mon rêve n'allait pas plus loin. Il est vrai que la pauvre dame qui vient d'arriver ici n'a rien d'une danseuse sacrée. Qu'en dis-tu ?

Krauss

Que c'est une petite bourgeoise insignifiante. Elles peuvent aller vers l'Ouest par milliers, celles-là. Il faudra bien qu'elles disparaissent avec tout ce qu'elles représentent, d'une manière ou d'une autre.

Hagen

La voilà bien servie. D'ailleurs tu n'as pas tort, en ce qui la concerne.

Krauss

Tu la connais ?

Hagen

Un peu. Je l'ai rencontrée dans le monde. J'ai dansé avec elle deux ou trois fois. Je lui ai même fait la cour. Service commandé.

Krauss

Qui est-elle ?

Hagen

Aucun intérêt, tu l'as dit. Je suis sûr que tu préfères Lydia.

Krauss

Lydia ?

Hagen

Lydia qui t'a guidé dans la nuit, le brouillard et le danger.

Krauss

Ne crois-tu pas que nous pourrions parler de choses sérieuses. Allons-nous nous laisser bloquer ici, Hagen ?

Hagen

Que veux-tu faire ? Si nous essayons de passer en fraude, nous risquons d'être internés dans un camp de suspects pendant des mois, et même démasqués. Ils ne sont pas tous des imbéciles, à l'Ouest. Ils savent bien que nous glissons nos agents parmi les réfugiés. Crois-moi, il vaut mieux attendre, passer avec les autres, se faire voir le moins possible. As-tu des instructions précises sur ta mission ?

Krauss

Aucune. Un nom et une adresse. C'est là-bas qu'on me dira ce que j'ai à faire.

Hagen

J'en suis au même point que toi.

Krauss

C'est mieux ainsi. Chez ceux de l'Ouest, nous sommes en territoire ennemi. On nous protège contre nous-mêmes.

Hagen

Oui, on n'a guère confiance dans les hommes de confiance.

Krauss

On a raison. La règle est de n'avoir jamais confiance en personne. Jamais. Tu crois qu'on peut avoir confiance en toi. Je crois qu'on peut avoir confiance en moi. Nous pouvons nous tromper, l'un et l'autre.

Hagen

J'aimerais du moins être sûr d'être utilisé selon ma compétence.

Krauss

Selon ta compétence, ou selon tes goûts ? La République populaire ne nous demande pas de faire ce que nous aimons, mais de faire ce qu'il faut.

Hagen

On fait mieux ce qu'on aime faire, ne crois-tu pas ?

Krauss

Il faut faire aussi ce qu'on n'aime pas, et le faire aussi bien.

Hagen

C'est ta première mission à l'Ouest ?

Krauss, *ne répond pas, va à la fenêtre.*

Le brouillard s'épaissit encore. Qu'avais-tu en tête au sujet de cette femme ?

Hagen

Dis-moi. La police d'Etat à Diesdorf n'était pas avertie de notre passage, bien entendu ?

Krauss

Bien entendu.

Hagen

C'est pourquoi nous n'avons pas été loin de nous faire abattre par nos propres détachements de police ou de laisser nos fesses entre les mâchoires de chiens authentiquement membres du Parti.

Krauss

Les bourgades de la région frontière sont pourries d'agents de l'Ouest. Si nous nous étions amusés à nous faire reconnaître pour pouvoir passer tranquilles, tu peux être sûr que nous aurions été attendus de ce côté-ci.

Hagen

Oui. La discrétion est de rigueur. Dommage qu'elle puisse avoir des inconvénients dans certains cas. Veux-tu boire quelque chose ? Notre premier whisky ?

Krauss

Je ne bois jamais, sauf s'il le faut pour le service.

Hagen

Même dans une circonstance exceptionnelle ?

Krauss

Il n'y a pas dans ma vie de circonstances exceptionnelles.

Hagen

Il y aura le jour de ta mort.

Krauss

Ce sera un jour ordinaire.

Hagen

Soit. Moi, je bois. A la santé de Lydia.

Krauss

Si cela t'amuse. Vas-tu te décider à dire ce que tu as en tête ?

Hagen

... Et à la santé du personnage important qui

nous fait l'honneur d'être des nôtres ce soir dans cette modeste maison.

KRAUSS

Quel personnage important ?

HAGEN

Le mari de la belle éplorée. Franz Werner.

KRAUSS

Franz Werner, le président du Groupe social-libéral ?

HAGEN

Franz Werner, président du Groupe social-libéral, ministre d'Etat de la République populaire orientale.

KRAUSS

Franz Werner... Tu te moques de moi.

HAGEN

J'ai gagné. J'avais parié avec moi-même que je ferais perdre son calme à l'impassible Lazare Krauss.

KRAUSS

Franz Werner s'enfuit à l'étranger ?

HAGEN

Il me semble.

KRAUSS

Tu ne pouvais pas le dire plus tôt ?

Hagen

Nous avons le temps. Frontière fermée.

Krauss

Il ne faut pas que Franz Werner passe à l'étranger, Hagen.

Fin de l'Acte I.

ACTE II

SCÈNE I

Werner, Lise

Werner

Je sais ce que vous allez me dire, et vous savez ce que je vais vous répondre. Ce que je vais vous répondre, vous ne l'admettrez pas, vous ne le comprendrez pas, vous ne l'écouterez même pas. Des injures, et des larmes : et la façon dont vous vous servez des injures et des larmes est encore un calcul, un mauvais calcul.

Lise

J'ai risqué la mort pour venir, Franz.

Werner

Oui. Mais vous n'en saviez rien.

Lise

Bien sûr. J'ai peur de tout. Je suis lâche. Tu me méprises. Mais quand j'ai trouvé la maison vide, ta lettre, ce désert autour de moi pour toujours, je n'ai plus eu qu'une pensée : te rejoindre. Je serais passée dans le feu. Un courage de bête. Tu ne me crois pas. Tu es un homme.

Werner

Comment êtes-vous venue jusqu'ici ?

Lise

Je te dis que je serais allée n'importe où.

Werner

Vous ne pouviez pas savoir la direction que j'avais prise. Vous ne connaissiez pas ceux qui avaient organisé mon départ. Comment êtes-vous venue ? Vous allez me le dire. La police d'Etat est sur ma piste, avouez-le. C'est chez eux que vous êtes allée tout droit.

Lise

Non, Franz ! Je te jure que non !

Werner

On parle, dans les romans, des cris qui ont le son de la sincérité. Je n'ai jamais pu faire la différence entre vos cris sincères et ceux qui ne le sont pas.

Lise

Je te dis la vérité. J'étais perdue. Je pensais à prendre n'importe quelle route au hasard. Mais il y avait des centaines de routes. Je crois que je me serais tuée.

Werner

Je ne crois pas. Alors ?

Lise

On m'a annoncé un homme qui voulait te

parler. Il m'a demandé si tu étais là. Je lui ai dit que j'étais ta femme. Il m'a dit : « C'est une chance. J'arrive à temps. Ne vous inquiétez pas s'il y a une difficulté à Diesdorf. Vous trouverez des instructions spéciales pour votre passage dans la maison Klossowski. De la part d'un ami de Wittenberg. »

Werner

Un ami de Wittenberg...

Lise

Le temps de chercher Diesdorf sur la carte, j'étais en route. Ce sont les tiens qui m'ont renseignée, tu le vois. Ils croyaient que c'était moi que tu emmenais. Tu n'avais pas osé leur dire... Cette femme, c'est ta secrétaire au ministère, n'est-ce pas ? C'est Catherine Eisenlohr ? J'en étais sûre. Tu l'aimes ?

Werner garde le silence.

Qu'a-t-elle, que je n'aie pas, cette Catherine ? Elle n'est pas tellement plus jeune que moi, tellement plus jolie. Tu lui parlais de tout ce que tu ne voulais pas me dire. Elle était plus douce que moi. Plus tranquille... Plus habile surtout. Je connais cette espèce de femmes. Les plus dangereuses. Celles qui savent mener les hommes.

Werner se tait toujours.

Non. Ce n'est pas ce que je voulais dire. Elle a plus de confiance en elle que moi, voilà tout. Elle a su te cacher ses tristesses, ses peurs. Dis-moi. Dis-moi ce qui t'a plu en elle. Je pourrai me rendre digne de toi, Franz, si tu veux m'aider un peu. Je lirai tes livres. Il y a longtemps que je voulais le faire. Tu m'expliqueras ce qui est un peu difficile. Je... J'essaierai de lui ressembler, Franz.

Werner

Enfin, que voulez-vous, et savez-vous ce que vous voulez ? Il est bien tard, pour m'apporter ici les plaintes de la femme abandonnée. Vous n'avez pas été abandonnée. Depuis des années vous ne m'aimez plus. Vous me l'avez dit. Vous m'avez trompé.

Lise

J'ai essayé de te faire souffrir un peu. J'étais si terriblement seule. Séparée de toi par un mur de verre. Plus loin encore quand tu étais près de moi. Tu ne comprends donc pas qu'une femme a besoin d'exister pour quelqu'un, de savoir qu'elle existe ? Une femme a besoin de cela, plus que de tout, plus même que d'argent.

Werner

Même que d'argent.

Lise

Je veux dire... Si j'ai... recherché d'autres hommes, c'était parce que tu me manquais, toi.

Werner

Oui. Je ne m'étais pas résigné à être un de ces meubles vivants que vous vouliez rassembler autour de vous pour vous donner de l'importance.

Vous vous êtes meublée ailleurs, voilà tout. Laissons cela. Vous m'avez aussi trahi d'une autre façon. Vous avez fait alliance avec mes adversaires pour me pousser à me renier moi-même, à abdiquer ce qui me restait d'indépendance. Je vous dois la honte de plusieurs années de concessions et de capitulations, que votre persévérance a arrachées à ma faiblesse. En dépit de tout, quand je me suis révolté, quand j'ai décidé de quitter un pays où je n'avais plus à attendre que la prison et la mort, ou l'abdication définitive, j'ai voulu vous convaincre de me suivre. Vous m'avez répondu par la fureur et les menaces.

Lise

Ma colère, c'était de la peur. Je me suis débattue comme j'ai pu.

Werner

Vous avez vous-même précipité mon départ. A cause de vous — à cause de vous — je pouvais désormais craindre le pire. Je devais défendre contre vous non seulement ma dignité, mais ma vie. Je n'avais pas le choix.

Lise

J'ai dit n'importe quoi. Il me fallait t'empêcher de partir, à tout prix. C'est une folie, ce départ, tu le sais bien. Tu es un des principaux personnages de l'Etat. Bien sûr, ta situation n'est pas tout à fait solide. C'est pour cela que j'avais parlé à Hans... à Hans Pfeil... pour ton entrée au Parti.

Il disait que ce serait possible. Que feras-tu, à l'Ouest ? Crois-tu qu'ils te nommeront ministre d'Etat, en te voyant arriver ? Tu ne seras plus rien. Rien ! C'est trop stupide ! Ecoute. Tout peut encore s'arranger. Nous pouvons rentrer à Diesdorf sans être vus, avec le guide. Franz ! Franz !

Werner

Tout est inutile, Lise. Je pars. Je suis déjà parti, irrévocablement. Je suis parti parce qu'il n'y a plus de place à l'Est ni pour moi, ni pour les idées que je défends, et que je veux défendre.

Lise

Tes idées ! Ah oui ! Tes idées ! Que sais-tu de tes idées ? Où les as-tu prises ? Valent-elles mieux que celles des autres, tes idées ? J'admets qu'on abandonne tout pour ses idées quand on n'a pas de famille, pas de maison, pas d'amis, pas d'argent. Quand on est un étudiant, un ouvrier ! Quand on n'a rien ! Mais toi ! D'ailleurs, tes idées, je les connais. Tes idées, c'est cette femme.

Werner

Si vous voulez retourner à Lenzburg, vous le ferez sans moi.

Lise

Tu penses que je vais me faire tuer en traversant cette frontière, toute seule, pour te laisser libre, libre avec elle. Et si je passe, sais-tu ce que je serai, là-bas ? La femme de Franz Werner, de l'homme qui a fui à l'étranger. La femme du traître. Ils me mettront dans un chantier à décharger des briques. Ils me mettront en prison. Tu ne peux pas les laisser me condamner à ta place, Franz. Même si je voulais te quitter, je ne le pourrais plus, maintenant. Je t'aime. J'ai besoin de toi. J'ai tout quitté pour te rejoindre.

Werner

C'est bien. L'offre que je vous ai faite une fois, et que vous avez refusée, je vous la fais encore. Vous ne retournerez pas à l'Est. Vous viendrez avec moi.

Lise

Avec toi ? Avec Catherine aussi, sans doute ?

Werner

J'aime Catherine. Catherine sera ma femme un jour. Sur cela non plus je ne reviendrai pas. J'ai pu croire, pendant quelques heures, que mon bonheur, celui auquel je prétends, celui que je veux, était à ma portée. Qu'il était là, que je le tenais. Tout était trop beau. Tout était trop simple. Ni Catherine, ni moi-même ne nous reconnaissons le droit de vous abandonner ici, entre deux frontières hostiles. Catherine ne veut pas que notre amour puisse jamais être empoisonné par l'idée d'une souffrance inutile que vous auriez pu subir à cause de lui. L'offre que je vous fais, elle vous la fait avec moi.

Lise

Et tu voudrais sans doute que je la remercie.

Ta maîtresse... Elle est ta maîtresse. Avoue-le.

WERNER

Cela ne vous regarde pas.

LISE

Et je vivrai dans votre ombre ? Et je supporterai tous les jours votre espoir, moi que personne n'aimera, votre impatience, moi qui n'aurai rien à attendre ? Et je sentirai que vous pensez à chaque minute : « Elle est encore là. Elle ne consent pas à disparaître. » Et, pour finir, tu l'épouseras et tu me laisseras seule. Voilà ton sacrifice. Voilà ta générosité. Voilà ce que tu oses m'offrir.

WERNER

Ainsi, c'est non.

LISE

Tu étais moins fier à Lenzburg, parce que tu avais peur. Mais tu aurais tort de croire que tu as partie gagnée, que je ne peux plus rien, et que je vais te laisser faire. Ah ! tu crois que je n'ai rien pour moi ? Tu crois que je ne peux pas me défendre ? Tu crois que je suis de la race des victimes ? Prends garde.

WERNER

Voilà donc de nouveau votre vraie nature. Tant mieux. Cela rend les choses plus faciles.

LISE

Tu ne l'as pas encore, ta chère liberté. La frontière est fermée, n'est-il pas vrai ? Tu es prisonnier ici, comme moi, comme les autres. Je ne ferai plus un geste pour te sauver. Tu m'entends. Hans Pfeil sera à Diesdorf demain.

Werner

Hans Pfeil ? Tu l'as prévenu.

Lise

Crois-tu que je n'aie pas pris le temps de jeter un mot à la poste en partant ? Oui, j'ai des amis, et je me sers d'eux. Maintenant, prends ta décision.

Werner

Et la police d'Etat saura un quart d'heure après le courrier du matin que je suis dans cette maison.

Lise

Tu peux réfléchir jusqu'à demain matin.

Werner

C'est assez. C'est plus qu'assez. Va-t'en.

Lise

Franz !

Werner, *menaçant.*

Va-t'en !

Lise s'enfuit. Il appelle :

Catherine !

SCÈNE II

Werner, Catherine

Werner

Catherine, elle vient de laisser échapper qu'elle avait donné rendez-vous à Diesdorf à l'un de ses amis du Parti, le pire, Pfeil, le second de Zessler. Ils vont lancer la meute sur ma piste. Il serait fou de s'attarder ici au delà de cette nuit.

Catherine

Mais comment avait-elle su ?

Werner

Un hasard. Un homme de l'organisation clandestine est passé chez moi après notre départ de Lenzburg. En me racontant l'histoire elle m'a donné un autre renseignement : Klossowski a des instructions spéciales pour notre passage. Il attend seulement que nous lui donnions le mot convenu.

Catherine

Vous avez le mot ?

Werner

Je l'ai.

Lydia entre.

Catherine

Lydia, où est Monsieur Klossowski ?

LYDIA

Il vient derrière moi.

SCÈNE III

Les mêmes, KLOSSOWSKI, LYDIA

WERNER

Monsieur Klossowski, vous n'avez rien de nouveau au sujet de l'ouverture de la frontière ?

KLOSSOWSKI

Rien. S'il y avait quelque chose dans la nuit, ils me feraient prévenir. C'est peu probable. Je vous conseille un bon somme jusqu'à demain matin.

WERNER

Je ne sais pas si nous allons suivre votre conseil. J'ai un message pour vous.

KLOSSOWSKI

Oui ?

WERNER

Un bon souvenir d'un de vos amis de Wittenberg.

KLOSSOWSKI

De Wittenberg ?

WERNER

Oui.

Klossowski

C'est différent. (*Il tire un papier de sa poche, le lit.*) Deux personnes... C'est vous ?

Werner

C'est nous.

Klossowski *replie le papier.*

Les instructions qui vous concernent seront entre les mains de l'officier qui prendra la garde à onze heures, au poste de l'Ouest. Consignes spéciales. Passagers de luxe. Pas d'attente à la douane, et là-bas, les bons hôtels au lieu du camp d'internement provisoire. Félicitations ! J'imagine que vous ne tenez pas à jouir de mon hospitalité plus longtemps qu'il n'est nécessaire ?

Werner

Nous sommes prêts à vous suivre quand vous voudrez.

Catherine

Franz, que faites-vous pour Lise ?

Werner

Je ne peux plus rien faire pour elle. Vous venez d'entendre Klossowski : deux personnes. Klossowski pourra la ramener à Diesdorf. Au besoin, son ami Hans Pfeil arrangera les choses.

Klossowski

Pour vous, rendez-vous ici dans un petit quart d'heure. N'attirez pas l'attention des autres. J'en connais qui ne seraient pas contents. Mettez-vous à leur place.

Il sort.

Catherine

Allez-vous lui annoncer ?...

Werner

Je ne vais rien lui annoncer, Catherine. Il y a longtemps que j'avais passé, avec elle, les limites raisonnables de la pitié.

Il sortent. Entrent Adler et la comtesse.

SCÈNE IV

Adler, La comtesse, Lydia

La comtesse

Nous voilà à égalité, monsieur Adler. Je crois que vous auriez pu obtenir la partie nulle, si vous n'aviez pas poussé votre roi sur la case noire à gauche... Mais vous n'étiez pas au jeu. Boirez-vous quelque chose ?

Adler

Merci, Comtesse. Je crois que je vais lire un peu.

La comtesse

Vous les avez entendus ? Les limites raisonnables de la pitié ? La pitié est toujours déraisonnable.

Adler

La pitié est toujours déraisonnable. La pitié est sans limites. Sans limites comme le mal.

La comtesse

Moi, je crois que j'aurais envie de tuer celui qui aurait pitié de moi. Les gens du peuple, évidemment, c'est différent...

Adler

La pitié humilie toujours, Comtesse. La pitié blesse. La vraie pitié n'est pas celle qui donne, c'est celle qui partage. Si la pitié ne veut pas ressembler au mépris, il faut qu'elle prenne un masque.

La comtesse

Un masque ? Quel masque ?

Adler

Le masque de l'amour. A tout à l'heure, Comtesse. Nous aurons peut-être l'occasion de faire une autre partie.

Il sort.

SCÈNE V

La comtesse, Lydia

La comtesse

C'est un homme bizarre. Je crois qu'il est un

peu socialiste. Moi, je boirai bien un verre de ce que tu as de plus fort, Lydia. Dis-moi, Lydia, as-tu revu le jeune homme ?

Lydia

Quel jeune homme ?

La comtesse

Quand il n'y a qu'un jeune homme et qu'une fille dit : « Quel jeune homme ? » on sait à quoi s'en tenir. C'est qu'elle ne pense qu'à lui. D'ailleurs, tu as raison, petite fille. Il est très agréable à regarder. Ce n'est pas ton avis ?

Lydia

Voilà... ce que j'ai de plus fort, Madame.

La comtesse

A ta place, je sais bien ce que je ferais. Tu m'entends ? Je ne le laisserais pas passer. Des garçons comme celui-là, quand on les rencontre sur son chemin, prends garde, si on les laisse passer, ils passent vite, et quand on se retourne, on ne voit déjà plus que leur dos. Alors, on pense que, si on n'avait pas été une personne bien élevée, une honnête fille, une idiote, on leur aurait dit : « Vous êtes charmant », ou « Bonjour » ; qu'on les aurait, au moins, regardés dans les yeux. Mais on n'ose pas. On attend qu'ils commencent. Hé bien ! Ce ne sont jamais les plus beaux qui commencent. Ce sont les autres. C'est comme cela que je me suis mariée. C'est aussi comme cela que je suis restée fidèle à mon mari, et ce sont les deux grands regrets de ma vie, maintenant. La bonne méthode, c'était celle de Catherine de Russie. Quand elle voyait passer un beau cavalier, elle lui faisait signe et elle lui disait : « Descendez de votre cheval. Venez avec moi. » Ne laisse pas passer ce jeune homme, Lydia.

Lydia

Je ne sais pas. Je ne sais pas si c'est lui.

La comtesse

Si c'est lui ?

Lydia

Si c'est lui que j'attends. Celui que j'attends descendra de son cheval près de moi sans que j'aie à lui faire signe. D'ailleurs, il n'aura pas de cheval. Si c'est lui que j'attends, il va s'arrêter.

La comtesse

Celui qu'on attendait n'est pas celui qui s'arrête. Celui qu'on attendait passe sans vous regarder. C'est même à cela qu'on le reconnaît. Celui qui s'arrête, c'est toujours un autre. Voilà quelqu'un. On parlait de lui. Il arrive. Comme au théâtre. N'oublie pas ce que je t'ai dit, Lydia. Il va passer... Bonsoir, monsieur Krauss.

SCÈNE VI

Krauss, Lydia

Krauss

Bonsoir...

> *La comtesse sort. Krauss semble hésiter légèrement, jette un bref regard à Lydia, traverse.*

Lydia, *avec un effort.*

Vous cherchez quelqu'un monsieur Krauss ?

Krauss, *il semble content et gêné de s'arrêter.*

Oui... J'aimerais voir Klossowski.

Lydia, *on sent qu'elle n'a pas envie de partir.*

Voulez-vous que j'aille le chercher ?

Krauss

Oui. Non. Il ne faut pas vous déranger. Vous devez être fatiguée.

Lydia

Vous devez l'être plus que moi.

Krauss

Sans vous, je tournerais peut-être encore dans ce brouillard à l'heure qu'il est. Il aurait même pu m'arriver malheur. Savez-vous que je vous dois beaucoup, Lydia ?

Lydia

Vous savez mon nom ?

Krauss

Oui, Lydia.

Lydia

Ce que j'ai fait, n'importe qui l'aurait fait.

Krauss

J'aime mieux que ce n'ait pas été n'importe qui.

Lydia

Moi aussi.

Un silence.

Krauss

Voilà. Je vais voir si Klossowski est par là.

Lydia

Vous, vous ne m'avez pas dit votre nom. J'aimerais savoir qui vous êtes.

Krauss

Que sait-on de quelqu'un quand on sait son nom ?

Lydia

Tout à l'heure, dans l'obscurité, je vous guidais par la main. Que sait-on de quelqu'un quand on tient sa main ? Pourtant, parfois on est content de tenir une main. Un nom, c'est un peu comme une main. La main de quelqu'un qui n'est pas là.

Krauss

Je m'appelle Krauss.

Lydia

Ce n'est pas votre nom.

Krauss

Je vous assure que je m'appelle Krauss.

Lydia

Ce n'est pas votre vrai nom. Votre vrai nom, c'est celui que vous donnent ceux qui..., ceux qui vous connaissent bien. Il y a beaucoup de Krauss. Votre nom, c'est celui qui est seulement le vôtre. C'est Siegfried, ou Rudolf, ou Ludwig.

Krauss

Il y a des milliers de Siegfried, ou de Ludwig.

Lydia

Pour quelqu'un qui pense « Siegfried », ou « Ludwig », il n'y a qu'un Siegfried, qu'un Ludwig.

Krauss

Je m'appelle... Je m'appelle Johann.

Lydia, *illuminée*.

Johann.

Krauss

A vrai dire, ce n'est pas mon nom de baptême. Mais je n'aime pas beaucoup mon nom de baptême. J'aime mieux vous dire celui-là.

Lydia

Johann.

Krauss, *un peu gêné.*

Je voulais demander à Klossowski, pour la frontière...

Lydia

Vous êtes pressé de passer la frontière. Bien sûr.

Krauss

Bien sûr.

Lydia

Et la frontière est fermée. Pour vous, elle s'ouvrira demain, après-demain. Pour moi, non.

Krauss

Vous aimeriez partir ?

Lydia

Franz et Catherine. Ce sont aussi des noms qui vont bien ensemble. Pour Franz et Catherine ensemble, la frontière va s'ouvrir.

Krauss

La frontière va s'ouvrir ?

Lydia

Oh ! Je ne devais pas vous le dire.

Krauss

Quand ?

Lydia

Tout à l'heure. Je ne devais pas... Il ne faut pas

ACTE II - SCÈNE VI

que les autres le sachent. Il y a une consigne pour eux, avec un mot de passe.

Krauss

Un mot de passe ? Quel mot de passe ?

Lydia

Wittenberg. On croirait que cela vous ennuie.

Krauss

Non. C'est sans importance. Il faut que j'aille retrouver mon camarade, vous savez...

Lydia

Attendez.

> *Elle s'est placée devant lui, contre le montant de la porte, comme pour lui barrer le passage.*

Krauss, *impatient.*

Qu'y a-t-il, Lydia ?

Lydia

Est-ce que nous nous serons seulement dit nos noms ? Est-ce que nous nous serons dit nos noms pour échanger seulement quelques phrases privées de sens, Johann ? Est-ce que nous n'allons pas dire autre chose ? Est-ce que nous n'allons pas oser... ?

> *Entre Hagen.*

Krauss

Hagen ! J'ai à te parler.

Lydia

Vous n'avez pas voulu. Vous n'avez pas voulu descendre de votre cheval.

Elle sort.

SCÈNE VII

Krauss, Hagen

Hagen

Hé bien ! tes affaires sont en bonne voie.

Krauss

Il n'y a plus de temps à perdre, Hagen. Franz Werner et sa secrétaire vont quitter la maison avant un quart d'heure. Klossowski les conduira jusqu'au poste de l'Ouest.

Hagen

Avant un quart d'heure ? Ils seront refoulés. Personne ne passe.

Krauss

Ils passeront. Tout était prévu. Ils ont un mot pour se faire reconnaître : Wittenberg.

Hagen

Lise Werner aussi ?

Krauss

Non. Werner et la fille.

Hagen

Comment sais-tu ?

ACTE II - SCÈNE VII

Krauss

Par Lydia.

Hagen

Par Lydia ? Tu t'es servi de ton charme ?

Krauss

Nous n'avons que quelques minutes pour parler de choses sérieuses.

Hagen

C'est juste. Naturellement, nous ne pouvons laisser Franz Werner nous échapper.

Krauss

Naturellement.

Hagen

Naturellement, nous ne pouvons pas le ramener enchaîné à Diesdorf. Naturellement, nous ne pouvons pas le tuer. Nous ne sommes pas armés. D'ailleurs, cela ferait une de ces histoires !

Krauss

Naturellement.

Hagen

Donc tu veux alerter la police d'Etat à Diesdorf ?

Krauss

Il n'y a pas d'autre solution.

Hagen

Vingt minutes pour retourner à Diesdorf si tout se passe bien, avec d'assez bonnes chances de nous faire tuer par les nôtres.

Krauss

C'est un risque à courir. D'ailleurs, ce ne sera que la seconde fois dans la nuit.

Hagen

A Diesdorf, ils ne prendront pas l'affaire sur eux. Un enlèvement en territoire étranger, alors que les autorités occidentales sont averties de l'évasion de Werner, c'est trop grave : ils demanderont des instructions. Dix minutes pour la communication. Vingt minutes pour l'arrivée des gardes-frontière. Nous ne serons guère ici avant une heure. Werner sera parti depuis longtemps.

Krauss

Il faut retenir Werner ici pendant une heure.

Hagen

Par quel moyen ?

Krauss

Il le faut, c'est tout. Les moyens te concernent.

Hagen

Parce que c'est à moi que...

Hagen

Oui. Moi, je retourne à Diesdorf. Toi, tu t'arranges avec Werner.

Hagen

Si cela ne te faisait rien, j'aimerais mieux que nous échangions les rôles. J'irai à la police d'Etat.

Krauss

Pourquoi toi ?

Hagen

C'est... C'est un sale travail que nous avons à faire là. Ce n'est pas le travail pour lequel j'ai voulu partir pour l'étranger. De l'agitation, oui. Vois-tu, si j'ai demandé cette mission, je crois bien que c'est pour aller me battre avec les nôtres là où ils sont contre la police. Dans les pays où nous sommes vainqueurs, la police, c'est nous, tu comprends. Cela me gêne un peu.

Krauss

Tu as le souci de l'élégance morale. C'est l'élégance morale, ou la victoire. Les scrupules, ou la victoire. L'individu, ou la victoire. Nous avons choisi : la victoire. Le déshonneur révolutionnaire, c'est de reculer devant ce que tu appelles le sale travail. D'ailleurs, retenir Werner ici ou aller le dénoncer là-bas, je ne vois pas la différence.

Hagen

La différence, c'est le danger. Un sale travail, oui. Mais qu'on y risque quelque chose. Le danger, c'est une excuse qu'on peut se donner. Une circonstance atténuante.

Krauss

L'honneur révolutionnaire, c'est de savoir renoncer à cette sorte de circonstances atténuantes. La révolution, c'est la guerre, la seule guerre juste.

La guerre, ce n'est pas se faire tuer, c'est tuer les autres.

Hagen

Avec des risques.

Krauss

Autant que possible, sans risques. Le seul risque qui m'importe, c'est le risque d'insuccès. C'est moi qui ai le plus de chances d'arriver à Diesdorf parce que je suis plus jeune, parce que j'irai plus vite. Retenir Werner ici, c'est toi qui le feras le mieux.

Hagen

Moi ? Pourquoi ?

Krauss

Parce que tu peux agir sur Lise.

Hagen

Ah oui ! C'est à cela que tu as pensé ?

Krauss

Vois-tu une autre solution ?

Hagen

Evidemment non.

Krauss

Nous serons là dans une demi-heure.

Il sort.

SCÈNE VIII

Hagen, Klossowski, *puis* Adler

Hagen

Quelle rencontre ! Je cherchais un honnête homme. Voilà monsieur Klossowski. Vous êtes un honnête homme, monsieur Klossowski ?

Klossowski

C'est une question que je ne me pose pas.

Hagen

Vous n'êtes pas un socialiste, comme dirait cette chère comtesse, vous êtes donc un honnête homme. Cela ne fait pas l'ombre d'un doute. Ce que vous avez acheté, vous le payez. Ce que vous avez promis, vous le tenez. Vous vous engagez à conduire un homme, ou une femme, ou un homme et une femme là où ils veulent aller, à une certaine heure, et vous êtes exact au rendez-vous...

Klossowski

Je suis exact.

Hagen

Et vous ne trichez pas au jeu. Une petite partie de dés, monsieur Klossowski. Vous avez bien trois minutes pour une petite partie de dés. Une petite partie de dés, et un verre avec moi.

Klossowski

Trois minutes, oui. Le même marc que tout à l'heure ?

Hagen

Merci. Je ne suis pas très fort au jeu de dés, monsieur Klossowski. Je ne connais même pas les règles. Nous disons : sept coups, cela vous plaît-il ? Que jouons-nous ?

Klossowski

Cent marks, si vous voulez.

Hagen

Qu'est-ce que cent marks ? Que diriez-vous de... de cinq mille marks, par exemple ? Cinq mille marks, c'est déjà intéressant. Tenez, si je vous disais : « Il y a cinq mille marks à gagner en sept coups de dés. Cinq mille marks à gagner si vous êtes un peu en retard à un rendez-vous. Si vous faites un peu attendre, seulement un peu, disons vingt minutes, un certain monsieur et une certaine dame que vous avez promis de conduire en un certain endroit. » Cinq mille marks, accepteriez-vous ? Cinq. A vous ! Trois. Un coup pour moi.

Klossowski

La promesse est la promesse. L'heure est l'heure. Huit. A vous ! Les as...

Hagen

L'as compte pour un, naturellement. Un coup

pour vous. Bien sûr. La promesse est la promesse.
Je disais bien que vous étiez un honnête homme.
Vous ne feriez pas ce que je dis pour cinq mille
marks. A moi de jouer. Vous permettez. Six. Si
je vous disais : il ne s'agit pas de cinq mille
marks. Si je vous disais : il s'agit de la morale...
A vous ! Six. Coup nul. Nous recommençons. Si
je vous disais : « Il s'agit de défendre les liens sa-
crés du mariage. Il s'agit de gagner vingt minutes
pour empêcher un homme marié d'abandonner
sa femme... » A vous ! Deux. Ce coup-là est pour
moi. Il suffit de... trois. Deux pour moi, un pour
vous. Pour convaincre un homme marié qu'il ne
doit pas abandonner sa pauvre femme, toute seule,
dans une maison menacée, à deux pas des loups
de Zessler. Tiens, voici Monsieur Adler. Demandons à Monsieur Adler ce qu'il pense d'un mari
qui abandonne sa femme. A moi : sept.

Klossowski

S'il ne l'aime plus ?

Adler

Le mariage ne veut rien dire s'il ne veut pas
dire : « Je t'aimerai encore quand je ne t'aimerai plus. »

Hagen

Vous voyez, Klossowski. A vous ! Cinq. Trois
coups pour moi. Un pour vous. Encore un coup
pour moi et j'ai gagné cinq mille marks.

Klossowski

Une garce, la femme.

Adler

Méchante. Méchante comme les enfants malheureux. Méchante comme les chiens qui mordent ceux qui les approchent parce qu'on les a trop souvent battus. Méchante parce qu'elle a peur. Méchante parce qu'elle n'a pas été assez aimée. Caïn a tué parce qu'il n'était pas assez aimé.

Il sort.

Hagen

Klossowski, Monsieur Adler me donne raison sur toute la ligne. Vingt minutes. Qu'est-ce qu'un retard de vingt minutes ? Il n'est pas encore onze heures à votre belle horloge, et vous avez toute la nuit devant vous. Vingt minutes de délai pour donner sa chance à une femme qui n'a pas été assez aimée. A vous de jouer. Neuf. A moi. Cinq. Trois coups pour moi. Deux coups pour vous. A moi les dés. Vos cinq mille marks ont été sauvés de justesse. Mais ils sont encore bien malades.

Klossowski

On ne sait pas ce qui peut se passer en vingt minutes. Je n'ai pas à m'occuper des affaires privées. Un autre verre ? Mon métier est un curieux métier. Mais je le fais correctement, autant que je le peux. A votre santé !

Hagen

Oui. Tout cela est bien compliqué. A votre santé ! Il y a un homme qui veut quitter sa femme pour aller s'amuser avec une autre de l'autre côté d'une frontière bien gardée. Et il y a votre métier à faire correctement. Vous avez raison, et j'ai raison aussi. Il faudrait notre ami Krauss pour nous tirer de là avec la dialectique de l'histoire, qu'il sait sur le bout du doigt. Mais il n'est pas là. Il doit dormir.

Klossowski

A moi de jouer. Six.

Hagen

Six. Cela peut se battre. Il faut pourtant que l'un de nous ait raison. Klossowski, un peu plus raison que l'autre. Ecoutez. Cinq mille marks, ce n'est pas très intéressant. Nous changeons l'enjeu, voulez-vous.

Klossowski

Trop facile. Je ne vais pas au delà de cinq mille marks. J'ai déjà presque perdu.

Hagen

Nous jouons celui qui a raison, et celui qui a tort. Si je gagne, j'ai raison, pour les vingt minutes... Dans cet imbécile d'univers, ce sont bien les dés qui décident. Imitons l'univers. Remettons-nous au divin hasard.

KLOSSOWSKI

Alors, plus d'argent ?

HAGEN

L'argent aussi, si vous voulez. L'argent pour vous si je gagne. Vous voyez, je suis beau joueur. A moi ! Quatre. Trois à trois. Vous revenez de loin, Klossowski.

KLOSSOWSKI

A vous les dés.

HAGEN

Non, à vous d'abord, pour le coup final.

KLOSSOWSKI

Dix.

HAGEN

Douze. Voilà cinq mille marks.

KLOSSOWSKI

Vous m'avez bien dit : vingt minutes ?

HAGEN

Vous trouverez un coin dans les environs où disparaître pendant vingt minutes. C'est ici que vous aviez rendez-vous ?

KLOSSOWSKI

Oui.

HAGEN

En passant, voulez-vous dire à la dame dont il s'agit que quelqu'un demande à lui parler ?

KLOSSOWSKI

Bien. (*Il va sortir, s'arrête.*) Pour un homme

qui ne connaît rien aux dés, vous ne trichez pas trop mal.

HAGEN

Pas trop mal. Merci.

SCÈNE IX

HAGEN, *puis* LISE

HAGEN *regarde l'heure.*

Dix heures trente-trois, trente-trois, trente-trois...

LISE, *entrant.*

Ludwig ! Vous ici ! Mais ce n'est pas possible !

HAGEN

Si vous ne l'admettez pas, vous allez m'en faire douter moi-même. Pourtant, je crois bien que c'est moi.

LISE

Je me demandais... Vous êtes venu pour moi ?

HAGEN

Pour qui d'autre ? Cherchez.

LISE

Oh ! Ludwig ! Cher Ludwig ! Sauvez-moi ! Emmenez-moi d'ici. Emmenez-moi n'importe où loin d'ici.

HAGEN

Vous partiriez avec moi ?

Lise

Je n'ai plus personne, Ludwig. Plus personne que vous !

Hagen

Lise, plus un mot. Vous allez me laisser parler. Regardez cette horloge. Nous jouons notre chance sur deux minutes. Dans deux minutes Franz et Catherine vont descendre. Ils ont donné rendez-vous à Klossowski, pour se faire conduire au poste de l'Ouest, immédiatement. Ils ont pu obtenir un laissez-passer d'urgence. Ils ne comptaient pas vous prévenir, bien entendu. Comme des voleurs... Ne dites pas un mot. Une minute et demie. Si j'ai suivi votre trace, si je suis venu ici, c'était parce que je croyais que vous passiez vous-même à l'étranger et parce que je ne voulais pas vous perdre. Pourquoi ? Parce que je vous aime. Je ne peux pas vous reconduire à Lenzburg, ni même à Diesdorf. Je suis poursuivi par notre police comme ennemi du peuple. Une histoire très compliquée. Je serais arrêté à l'instant même, et vous aussi. Femme du traître Werner. Complice du traître Hagen. Rien à espérer. Je vous offre le salut avec moi. Oubliez Franz. Pas d'autre route que l'exil. Mais je vous offre de partager mon exil. De partager ma vie. D'être ma femme. Je vous aime. Je ne vous demande même pas si vous m'aimez. Pas encore.

Lise

Ludwig !

Hagen

Pas un mot. Soixante secondes. Nous allons entrer ensemble chez ceux de l'Ouest. Sans difficulté. Sans danger. Il nous suffit de devancer Franz et Catherine et de nous présenter au poste, en donnant leur mot de passe ; j'ai pu le surprendre. Mais il nous faut arriver là-bas avant eux. Avant eux à tout prix, comprenez-vous ? Oui. Je sais. Nous pouvons partir maintenant. Nous n'aurions plus assez d'avance. Conduits par Klossowski, ils iraient plus vite que nous. Ils vont être là. Trente secondes. Insultez-les, fondez en larmes, traînez-vous à leurs pieds. J'interviens. J'arrête le massacre. J'obtiens pour vous un délai de grâce. Aussitôt après, je vous rejoins. Nous partons. Je vous offre votre vengeance. Je vous offre votre salut. Je vous offre l'amour du seul homme qui vous aime. Il faut les arrêter. Les voilà.

SCÈNE X

Hagen, Lise, Werner, Catherine

Werner, Catherine ont leurs manteaux du premier acte. Ils s'arrêtent surpris.

Hagen

Quoi ? Sans un mot d'adieu ?

Lise, *se jetant sur Werner.*

Franz ! Tu ne t'en iras pas sans moi ! Ou il faudra que tu m'arraches de toi avec tes mains. Je te tiens, tu m'entends, je te tiens comme elle ne te tiendra jamais. Oh !

Werner, *la repoussant.*

Vous ne m'aurez pas tenu longtemps. Lise, je croyais avoir tout prévu pour nous épargner un dernier éclat qui ne peut vous faire que du mal, et qui ne changera rien. Restons-en là. (*Il appelle.*) Klossowski !

Lise

Franz, un moment. Rien qu'un moment. Ecoute. J'ai cru que j'aurais la force de vous laisser partir. Je n'ai pas la force... Emmène-moi. Emmenez-moi avec vous ! Pourquoi serait-il trop tard ?

Werner

Il est trop tard.

Lise

Mais je ne demande rien, rien que de vous suivre. Tu veux ta liberté : je te la donne. J'accepterai tout. Je subirai tout. Je serai une ombre. Je ne vous embarrasserai pas longtemps. Quand nous serons arrivés dans une ville, à l'Ouest, je chercherai du travail. Quelqu'un voudra peut-être de moi. Je ne suis pas si vieille, pas si laide. Mais ne me laissez pas seule ici. Ne me laissez pas seule.
Elle s'écroule en sanglotant.

ACTE II - SCÈNE X

Werner, *regardant Hagen.*

Nous ne vous laissons pas seule, si je comprends bien.

Lise

Franz ! Un regard de pitié, un geste de pitié, un mot.

Werner

Vous avez fait ce que vous avez pu pour me livrer à la police politique et vous me demandez pitié.

Lise

Je t'ai trahi. Venge-toi. Tue-moi. On tue les traîtres. Mais pas ainsi ! Pas ainsi. Tu ne dis rien ? Tu n'oses pas ! Tu aimes mieux m'abandonner derrière toi. C'est plus facile ? Tue-moi ! Tue-moi donc. Aie ce courage.

Catherine

Oh ! Franz, c'est intolérable.

Lise, *se jetant sur elle.*

Mademoiselle, parlez-lui pour moi. Je ne peux rien sur lui et vous pouvez tout. Je suis sûre que vous êtes généreuse. Je suis sûre que vous ne laisseriez pas mourir de faim une bête abandonnée. Vous devez être meilleure que moi, puisqu'il vous préfère. Je n'essaierai pas de vous le reprendre. J'ai été méchante, j'ai été mesquine, j'ai été stupide. Est-ce tout à fait ma faute ? Est-ce qu'on se choisit pour venir au monde ? Est-ce qu'on est responsable de ce qu'on est ? Est-ce que je ne préférerais pas être ce que vous êtes ? Vous partez sur la mer avec lui, heureuse avec lui, en me laissant sur une épave qui s'enfonce, et vous m'entendez crier, crier !

Catherine

Oh ! Franz, que faut-il faire ? Que faut-il faire ?

Werner

Nous ne céderons pas à ce chantage. Où est Klossowski ?

Hagen

J'ai mon mot à dire là-dessus, si vous le permettez.

Werner

Klossowski !

Hagen

Il n'est pas loin, il va venir. Quand je vous aurai dit ce que j'ai à vous dire.

Werner

Quand vous m'aurez dit... ?

Hagen

Lise, voulez-vous nous laisser ?

Werner

Lise ?

Lise

Je ne veux pas m'en aller ! Ils vont partir pendant que je ne serai pas là !

ACTE II - SCÈNE X

Hagen, *la conduisant jusqu'à la porte.*
Ils ne partiront pas.

Elle sort.

Werner
C'est vous qui avez éloigné Klossowski ?

Hagen
Evidemment.

Werner
C'est tout ce que je voulais savoir et ce que vous avez à me dire ne m'intéresse pas.

Hagen
En êtes-vous sûr, monsieur Franz Werner ?

Catherine
Franz, vous êtes découvert. Il faut partir. Il faut partir maintenant.

Werner
Ainsi, vous me connaissez ?

Hagen
Je m'appelle Ludwig Hagen.

Werner
Vous êtes Ludwig Hagen ?

Hagen
Je me doutais que Lise vous avait parlé de moi.

Werner
Catherine, il faut que je sache ce que veut cet homme, et que je ne le perde pas de vue. Lais-

sez-nous un moment, trouvez Klossowski, revenez avec lui.

Catherine

Soyez sur vos gardes.

Werner

Ne vous inquiétez pas. Nous partirons dès que vous aurez ramené Klossowski.

Elle sort.

SCÈNE XI

Hagen, Werner

Werner

Vous m'avez suivi jusqu'ici ? Vous avez l'ordre de m'arrêter ? Il est un peu tard. Ici, vous ne pouvez plus rien, et homme contre homme, je pense que je vous vaux.

Hagen

C'est vrai. Vous étiez à ma merci à Diesdorf, et je n'ai pas levé le petit doigt. Quel étourdi je fais !

Werner

Pourquoi vous mettez-vous en travers de mon chemin ?

Hagen

Je suis peut-être un ange gardien de la foi conjugale, monsieur Werner. Oui. Je sais ce que vous pensez. Ma tête n'est pas tout à fait la tête d'un ange. Plutôt la tête d'un homme de main de Zessler. Vous vous trompez. Je suis du Parti, c'est entendu. Je ne suis pas de la police.

Werner

Pourquoi avez-vous éloigné le passeur ?

Hagen

Vous pouvez partir sans l'attendre.

Werner

S'il tarde, je n'hésiterai pas.

Hagen

On tourne facilement en cercle dans le brouillard quand on marche en aveugle dans une campagne inconnue, et c'est ainsi qu'on se retrouve nez à nez avec une patrouille de Zessler. Monsieur Werner, soyez raisonnable. Klossowski sera là dans quelques minutes.

Werner

Que faites-vous ici ?

Hagen

Je fais ce que vous faites. Je fuis.

Werner

Vous étiez menacé d'arrestation ?

Hagen

Ma maison était déjà surveillée.

Werner

Il est vrai que la trappe s'ouvre aussi assez souvent sous les pas de vos amis.

HAGEN

Plus souvent que sous les pas des vôtres, monsieur Werner. C'est pour les hommes du Parti qu'il y a les plus grands risques, parce que c'est pour eux qu'il y a les plus grandes responsabilités. Vous comprenez peut-être difficilement cela.

WERNER

Qu'avez-vous à me dire ?

HAGEN

J'ai averti votre femme que vous vous prépariez à l'abandonner ici. Je l'ai fait parce que votre départ, permettez-moi de vous le dire cordialement, était une petite lâcheté. Ne vous sentez pas offensé. Quel être humain est sûr de n'être jamais lâche devant ce qu'il y a au monde de plus désagréable à regarder : le visage d'un autre être humain plus faible, à qui l'on signifie sa condamnation ? Mais si je vous avais laissé partir, à l'heure qu'il est, voyons, dix heures quarante-deux minutes, vous ne seriez pas très content de vous. Je crois que c'est votre parti que j'ai pris, celui de l'homme que vous êtes réellement contre l'homme que vous avez failli être. Vous ne pouvez pas laisser Lise ici, monsieur Werner. Je m'intéresse à Lise.

WERNER

Vous vous intéressez...

HAGEN

Non, je n'ai pas été son amant. Mais... je l'ai

rencontrée plusieurs fois. Vous ne vous occupiez pas beaucoup d'elle. Il y a peu de femmes qui soient capables de supporter seules la charge de leur propre existence. J'ai été attiré vers elle par le besoin qu'elle avait de moi. Les femmes aiment moins les hommes que le sentiment d'être quelque chose d'intéresant pour eux... Les hommes aiment moins les femmes qu'ils n'aiment leur pouvoir sur elles.

Werner

Hé bien ! vous pouvez quelque chose sur elle et pour elle, alors que moi, je ne peux rien.

Hagen

Je ne vais pas, comme vous, être accueilli à bras ouverts en Occident. Je vais essayer de passer en fraude. Vous savez ce qui m'attend si je me fais prendre. C'est une aventure que je peux tenter. Moi. Votre femme, non. Vous savez que si Lise est laissée seule ici, elle tombera entre les mains de Zessler et vous connaissez la loi. Vous n'avez pas le droit de laisser Lise payer pour l'homme qui l'abandonne. Vous n'avez pas le droit de le faire et vous ne le ferez pas.

Werner

Lise m'a dénoncé, monsieur Hagen, et si la police de Zessler est ici demain matin, ce sera à cause d'elle.

Hagen

Lise a essayé de vous garder. Par n'importe

quel moyen. Attachée à vous, cramponnée à vous avec ce qu'elle a de meilleur et avec ce qu'elle a de pire. Avec son âme, avec son ventre, avec ses habitudes, avec sa peur de tout le reste. Combien d'années a-t-elle été votre femme ?

Werner

Dix ans.

Hagen

Quand un homme a vécu dix ans près d'une femme, il est responsable de ce qu'elle est, et de ce qu'elle n'est pas.

Werner

Non, monsieur Hagen. Chacun seul. Chacun enfermé dans sa peau, pour le bonheur et le malheur, pour la mort, pour l'amour même. On se serre en vain l'un contre l'autre. Que pouvais-je pour Lise ? Que peut une vie pour une vie ?

Hagen

Que peut une bête pour son petit qui meurt ? Rester près de lui. Votre femme vous a dénoncé. Vous attachez son acte au cou de la victime, comme une grosse pierre, bien lourde, et vous jetez le tout par-dessus bord. Est-ce qu'un être humain est seulement un acte ? Est-ce qu'il n'y a pas tout le reste ? Est-ce qu'il n'y a pas une Lise à qui vous avez tendu la main, à la campagne, pour franchir un ruisseau, une Lise qui a rêvé de vous quand vous n'étiez pas là et qui a été contente, certains soirs, quand vous vous approchiez d'elle, une Lise qui retrouvait dans le sommeil son visage désarmé d'enfant ? C'est aussi l'enfant que vous jetez par-dessus bord, ne l'oubliez pas, l'enfant qu'elle a été, comme vous...

Il s'arrête brusquement.

Werner

Pourquoi quittez-vous la République populaire ?

Hagen

Je pars pour mettre ma peau à l'abri. Je pars parce qu'il est agréable de respirer l'odeur des tilleuls dans les matins de juin, de goûter du bout des doigts la douceur d'un poignet de femme, de boire le marc de Klossowski, de choisir pour une soirée tranquille une de ses meilleures pipes...

Werner

Vous avez une collection de pipes ?

Hagen

Oui.

Werner

Moi aussi.

Hagen

Ah ! (*Un silence.*) Je suis un fuyard, un lâche si vous voulez, je ne suis pas un renégat. Je ne suis pas dupe de moi-même au point de condamner mon Parti parce qu'il s'en prend aujourd'hui à moi alors que je l'ai approuvé et servi aussi longtemps qu'il s'en prenait à d'autres. Je vais chez l'adversaire pour lui demander asile, non pour lui donner raison.

Werner

Vous saviez que vous n'aviez pas de pardon à attendre. Vous avez fait du monde un monde sans pardon.

Hagen

Nous ne pardonnons rien. Nous ne sommes pas infaillibles. Voyez-vous, la pensée que je vais vous livrer est peut-être un peu... hérétique. Voir trop clair dans certaines choses, cela amène assez vite près de votre porte les hommes de Zessler. C'est parce que nous ne sommes pas infaillibles qu'il nous faut être implacables : le fer rouge dans nos propres rangs. Nous devons, sous peine de mort, maintenir au suprême degré de tension les énergies dont nous avons besoin pour faire ce que nous avons à faire. Nos jugements n'ont pas pour but d'affirmer notre justice, mais notre inflexibilité. Nous ne pardonnons pas. Vous, vous pouvez pardonner.

Werner

Il ne s'agit pas ici de pardon, ni de vengeance, ni même de justice. Il s'agit de choisir. J'ai choisi Catherine.

Hagen

Catherine et vous. Vous, cela ne vous gêne-t-il pas un peu ?

Werner

Que voulez-vous dire ?

Hagen

Il est si agréable de penser que ce qu'on fait avec un peu de honte, on ne le fait pas pour soi-même. « J'ai charge d'âmes. Que deviendraient mes enfants sans moi ? » C'est un bon oreiller pour endormir les scrupules.

Werner

Vous brisez le lien qui vous unissait à vos camarades de combat pour sauver votre vie, pour défendre votre droit à respirer. Moi aussi, je veux respirer. Je veux ma liberté, ou mon bonheur, appelez cela comme vous voudrez. Je les veux.

Hagen

C'est admirable. Vous parlez comme un jeune homme.

Werner

Comme un jeune homme ?

Hagen

A vingt ans, on croit qu'on se définit par tout ce qu'on exige de l'existence. A quarante, on commence à se définir par tout ce à quoi l'on a renoncé. Peut-être est-ce une fatigue. Une fatigue au fond des os, au fond de l'esprit. Cette fatigue que l'on sent dès le réveil, car elle n'est pas la fatigue d'une journée, mais la fatigue de la vie. Cette question que l'on se pose : « Ma vie vaut-elle la peine que je la préfère aux autres, que je la sauve au prix des autres ? » J'ai dû faire un grand effort sur moi-même pour fuir. Ce n'était peut-être que cette fatigue. Restons-en là. Vous ferez ce que vous voudrez. Après tout, Lise s'en tirera peut-être. Ce qui est malheureux dans son cas, c'est qu'elle n'a jamais cru à sa chance. Pour ceux qui passent leur vie à s'attendre au pire, le pire arrive toujours.

Werner

De quel droit me méprisez-vous ? Vous êtes du Parti, vous restez du Parti. De quel droit un homme qui se dit révolutionnaire vient-il me reprocher de ne pas faire assez de cas d'une femme entre des millions d'autres, d'une minuscule souffrance au milieu des grands remous de l'histoire ? Parlez-moi de ce qui vous intéresse. Parlez-moi des masses, puisque vous ne connaissez que les masses. Parlez-moi des peuples, puisque vous ne pensez que par peuples. Parlez-moi de ce monde nouveau que vous forgez dans la poussière des chantiers, dans la violence et dans l'espoir, dans le sang des victimes. Ne me parlez pas de Lise.

Hagen

Je ne vous parle plus d'elle.

Werner

Que vous importe une femme ? Que vous importent mille, cent mille êtres humains ? Les camps de travail forcé pour les opposants, les traîtres et les tièdes, les déportations qui ont frappé des provinces entières, vous ne les désavouez pas ? La terreur qui fait que chaque nuit, malgré la menace des tours de guet, des projecteurs, des mitrailleuses et des chiens dressés à la chasse à l'homme, tout le long de cette frontière, des milliers d'hommes et de femmes jouent leur vie, quitte ou double, pour s'évader de votre univers impitoyable comme on s'évade d'un bagne, vous ne la désavouez pas ? Vous avez pris le parti de l'humanité contre les hommes. Vous avez pris le parti de tuer, aussi nombreux qu'il le faudrait, aussi longtemps qu'il le faudrait, tous ceux qui seraient des adversaires ou seulement des obstacles, et vous venez me demander d'épargner à un être humain un peu de souffrance ? Voyez-vous, monsieur Hagen, vous me faites l'effet d'un homme qui invoquerait un Dieu auquel il ne croit pas.

Hagen

Vous nous comprenez mal, monsieur Werner. Nous tuons parce que nous sommes sûrs, vous entendez, sûrs d'avoir raison. Nous ne sommes pas des croyants, un croyant ne peut rien de plus que de croire. Nous avons découvert le sens que l'homme peut donner au monde et nous sommes sûrs de l'avoir découvert. Nous ne croyons pas. Nous affirmons. J'aimerais savoir au nom de quelle affirmation vous sacrifiez Lise. Au nom de quelle vérité. Rien d'autre que le petit désir de votre petit bonheur personnel. Rien d'autre. C'est-à-dire rien. Vous-mêmes, vous n'étiez pas directement menacé. Pourquoi partez-vous ?

Werner

Parce que j'ai cessé de croire à la possibilité

d'une collaboration loyale entre votre Parti et les partis libéraux. Parce que j'en ai assez de vous entendre répondre à ceux qui vous accusent d'avoir étouffé les libertés et bâillonné l'opposition : « Calomnie, le libéral Werner est toujours dans notre gouvernement. » Parce que votre but est de sauver les hommes de l'humiliation et parce que votre méthode est de les mépriser.

Hagen, *avec une sorte d'amertume ironique.*

Le monde ancien n'accouchera du monde nouveau qu'avec les fers.

Werner

Bien d'autres avant vous ont terrorisé les peuples avec cette sorte de justification, et ils y croyaient de bonne foi, comme vous. « Regardez l'avenir vers lequel je vous conduis. Ne regardez pas à vos pieds. Vous marchez sur des hommes. »

Hagen

Les chars d'assaut, à la guerre, écrasent les petites fleurs des champs, et c'est dommage, les petites fleurs, et aussi la chair vivante. Nous n'y pouvons rien. La Révolution, il faut la faire pour les hommes, mais aussi avec des hommes, et contre des hommes. Tuer des hommes et faire tuer des hommes. Mépriser les hommes si nous voulons les aimer utilement. Détruire. On ne détruira pas l'esclavage sans détruire les maîtres des esclaves et les esclaves qui combattent auprès d'eux.

WERNER

Un esclavage a pourtant été détruit, il y aura bientôt vingt siècles, non par Spartacus révolté, mais par un amour qui ne portait point d'armes. Ce n'étaient pas les maîtres des esclaves qu'il avait tués, mais l'esclavage lui-même dans la conscience des maîtres.

HAGEN

Puisqu'il reste tant à faire, c'est sans doute que l'amour dont vous parlez n'a pas été suffisant.

WERNER

Du moins était-il un amour.

HAGEN

On ne délivre pas les hommes en un jour de toute la souffrance de l'histoire. On ne construit pas un monde sans accepter que des ouvriers tombent des échafaudages. C'est ainsi.

WERNER

Je vous parle des bagnes et vous me répondez avec les barrages. Mais vous ne pouvez pas me donner la preuve que pour construire les barrages, les bagnes soient nécessaires. Les rois bâtisseurs d'Assyrie scellaient leurs prisonniers vivants dans les remparts de leurs forteresses. Vous aussi, à votre manière, vous murez vos victimes dans le béton de vos digues, de vos usines, de vos cités nouvelles. Je ne veux pas de vos digues, de vos usines, de vos villes avec ces milliers d'yeux ouverts pour l'éternité qui regardent les vivants à travers l'épaisseur des murs.

Hagen

Et les yeux de Lise, monsieur Werner ?

Werner

Les yeux de Lise ?

Hagen

Vous aussi, vous allez avoir un cadavre debout, les yeux ouverts, dans les murs de votre confortable maison de France ou d'Amérique. Ce regard-là ne vous gênera pas, sans doute ? Il ne gênera pas votre amie Catherine ?

Werner

Vous êtes un avocat habile, monsieur Hagen.

Hagen

Tout se paie. Pas de bonheur, pas de liberté sans victimes. Mais rendez-nous cette justice : nous autres, du Parti, le prix que nous faisons payer, ce n'est pas nous qui l'encaissons. Nous ne travaillons pas pour nous. Nous tuons, oui, mais nous tuons parce que nous avons un monde à faire vivre, parce que nous voulons donner un sens acceptable à l'histoire des hommes. Vous, c'est pour votre compte, à votre seul profit, et sans trop de scrupules, semble-t-il, que vous allez procéder, dans quelques minutes, à votre petit sacrifice humain. Au revoir, monsieur le Ministre d'Etat et bon voyage !

Werner

Monsieur Hagen, je crois que je vais faire ce que vous me demandez.

Hagen

Vous allez le faire ?

Werner

Je crois que je vais le faire, et je ne suis pas sûr d'avoir raison. Il y a une autre voix que ce que nous appelons la voix de la raison. Un philosophe français a dit quelque chose comme cela, je crois. Une voix qui n'est pas notre voix, qui est en nous la voix de l'autre, des autres. Le salut d'un autre et non notre salut, la victoire d'un autre et peut-être notre défaite. Cette voix, il est curieux que ce soit vous qui me l'ayez fait entendre, vous qui ne l'entendez pas.

L'horloge sonne onze heures.

Hagen

Huit coups. Neuf coups. Dix. Onze... Onze heures. Est-il onze heures ? On croirait que, dans le calme de cette nuit, l'horloge de Klossowski sonne quelque chose d'infiniment plus important qu'onze heures. On croirait qu'elle sonne l'éternité. Vous avez tout bien pesé, monsieur Werner ? Tout bien exactement pesé ?

Werner

Si j'avais pesé quoi que ce soit, je serais déjà

parti. Je ne veux rien peser. Vous avez dit les mots qu'il fallait pour me faire... souffrir de la souffrance de Lise, c'est tout ; et me voici paralysé.

Hagen

Vous avez encore le choix, monsieur Werner... (*Il appelle.*) Klossowski ! Venez, Klossowski ; M. Werner est prêt à partir depuis un bon moment. Il vous attend...

SCÈNE XII

Les mêmes, Klossowski, *suivi de* Catherine

Werner

Monsieur Klossowski, j'ai changé mes projets. Toute réflexion faite, je ne peux pas laisser ma femme ici.

Klossowski

Ne vous mettez pas en peine au sujet de madame Werner. Je viens de recevoir un message du poste. La frontière sera rouverte à trois heures du matin. Tout le monde pourra passer. Rien de changé en ce qui vous concerne, naturellement, vous et la demoiselle. Vous êtes prêts. Nous partons. Madame Werner vous aura rejoints avant le lever du soleil.

Werner

La frontière sera rouverte ?

ACTE II - SCÈNE XII

Catherine

Franz, j'ai pensé... Quand M. Klossowski m'a annoncé la nouvelle, j'ai pensé que nous pouvions peut-être, nous aussi, attendre trois heures. Ce n'est pas un grand retard, et Lise ne resterait pas seule.

Werner

J'allais vous le demander, Catherine. Monsieur Hagen, je vous dis merci. Sans vous...

Catherine

Oui. Cela est mieux ainsi.

Hagen

Vous êtes contents. Il est content. Je suis content. Le sourire radieux de la conscience rassérénée, les effusions de la gratitude, les sources jaillissantes de la bonté, de la générosité, de la loyauté. Tout est pur. Tout est pur comme cette nuit de brouillard où les meurtriers sont aux aguets, le doigt sur la détente, pendant que leur gibier d'hommes traqués rampe dans les champs durcis par le gel. Vous me remerciez. Ecoutez l'horloge. Si chaque seconde qu'elle frappe était un pas qui venait vers vous ? Un pas. Un pas. Un pas. Un pas. Klossowski est là et la porte est là, et le poste de l'Ouest est à cinq minutes, et vous avez dans votre poche le laissez-passer pour la vie. Ne vous occupez plus de Lise. Ne vous occupez plus de cette idiote de Lise. Un pas. Un pas. Un pas. Un pas. Partez ! Partez tous les deux ! Emmenez-les, Klossowski.

Catherine

Franz, qu'est-ce que cela signifie ?

Hagen

Et vous aimez faire collection de pipes, et vous donnez peut-être du pain aux oiseaux... Les pipes, et les oiseaux, et l'amour de Catherine, et des tonnes, des tonnes d'air à respirer, là, à cinq minutes. Qu'est-ce que vous attendez ?

Werner

Ce serait ce que vous appeliez tout à l'heure une lâcheté, Hagen.

Hagen

Mais soyez lâches. Soyez lâches, nom de Dieu ! Vous ne voyez pas que je veux que vous soyez des lâches ?

Il bondit au dehors. Les autres se regardent stupéfaits. Lise apparaît.

SCÈNE XIII

Werner, Catherine, Klossowski, *puis* Lise, *puis* Krauss, Un lieutenant *et des* Gardes-frontières

Une voix, *un peu étouffée, à l'extérieur.*

Kolb, avec moi, par ici.

Catherine

Que se passe-t-il ?

Une autre voix

A la porte de derrière, vite !

Klossowski, *qui s'est jeté à la fenêtre.*

Les policiers de l'Est !

> *Il éteint rapidement les lumières.*

Werner

Les policiers de l'Est !

Catherine, *se jetant vers lui.*

Franz.

> *Il la prend dans ses bras.*

Lise, *qui est entrée dans l'obscurité.*

Mais qu'est-ce qui se passe ? Qu'est-ce qui se passe ? Ludwig !

> *Elle sort.*

Werner, *à Klossowski qui est allé aux autres fenêtres.*

Aucune issue ?

Klossowski

Tout est gardé.

Werner

A cause d'elle. A cause d'elle. C'est trop stupide. Catherine, pardon.

Catherine

Je suis avec vous, Franz.

Werner regarde Catherine et Catherine le regarde. Krauss et les policiers de l'Est entrent avec des torches électriques.

WERNER, *donnant quelque chose à Catherine.*

Prenez, Catherine, c'est ainsi que le fiancé donne l'anneau.

Fin de l'acte II

ACTE III

SCÈNE I

Werner, Catherine, Lise, Klossowski,
La comtesse, Lydia, Krauss,
Un lieutenant de la police d'état, Policiers

*Krauss est accompagné du lieutenant et
de deux gardes-frontières en armes : uni-
formes et casques.*

Krauss

Tous ceux qui se trouvent ici sont coupables de tentative de fuite hors des frontières de la République populaire et de trahison. Ne faites pas un geste. Lieutenant. (*Il montre Werner*), vous exercerez sur celui-ci une surveillance particulière. Que tous rassemblent ce qu'ils ont apporté de vêtements ou de bagages. Ils ne devront rien laisser derrière eux, absolument rien.

Werner

Cette affaire pourrait aller loin, Krauss.

Krauss

L'ordre du départ sera donné dans une demi-heure. Attention, il manque quelqu'un. Un jeune homme. Trouvez-le. Nous ne serons pas en sûreté tant que vous ne le tiendrez pas.

Klossowski

Monsieur Krauss, pourrais-je vous dire quelques mots en particulier ?

Krauss

C'est inutile, monsieur Klossowski. Cette affaire ne se terminera pas comme les autres. Vous êtes arrêté pour complicité.

Klossowski

Un jour ou un autre... Mais la jeune fille...

Krauss

La jeune fille est arrêtée pour complicité. Lieutenant, faites conduire les prisonniers au premier étage. Vous vous assurerez des documents et des papiers qu'ils pourraient avoir sur eux. Allez.

Ils sortent, encadrés par les soldats.
Comment se fait-il ?...

Il arrête le lieutenant, qui sortait le dernier.

Lieutenant, amenez-moi immédiatement le camarade Hagen.

Au même instant, Hagen paraît par une autre porte.

SCÈNE II

Krauss, Hagen, *puis* Lydia

Hagen

Ne vous donnez pas cette peine. Vos hommes sont consciencieux, lieutenant. J'ai cru que j'allais garder le canon d'une mitraillette sur le ventre assez longtemps pour en prendre tout à fait l'habitude.

Krauss, *au lieutenant.*

C'est bien. Laissez-nous.

Le lieutenant sort.

Hagen

Mes félicitations, ami Lazare, tu n'as pas perdu de temps. Je n'attendais pas une telle agilité de nos bureaucrates.

Krauss

J'ai eu la chance de pouvoir communiquer directement avec Zessler. Là-bas, ils ont pris la décision en cinq minutes.

Hagen

Tu es blessé ?

Krauss

Ce n'est rien. Il faut que je te parle.

Hagen

Tu es certain que ce n'est rien ? Tu as un visage de mort.

Krauss

Ce n'est presque rien. Une sentinelle a fait son métier comme j'arrivais près de notre ligne, avant que j'aie pu me faire reconnaître. Ne perdons pas de temps. Ce qu'ils ont décidé est plus grave que je ne pensais, Hagen.

Hagen

Ils veulent Werner, bien entendu. Tu ne croyais pas qu'ils allaient le laisser partir, avec leur bénédiction ?

Krauss

Werner, sa femme, la secrétaire. Tout le monde.

Hagen

Tout le monde !

Krauss

Tous ceux qui sont dans cette maison. Klossowski aussi, et la jeune fille.

Hagen

Ils ne sont pas fous, non ? Klossowski est citoyen de la République occidentale ; et tous ces gens arrêtés alors qu'ils avaient déjà passé la frontière... Il fallait s'assurer de Werner discrètement. Les autres n'ont pas d'importance. Ce sera une histoire de tous les diables.

Krauss

Ce serait une histoire de tous les diables si nous laissions partir les autres. Il ne faut pas qu'ils puissent raconter ce qui s'est passé ici.

Hagen

Et le retour à Diesdorf de toute la caravane, encadrée par tes argousins, les grands politiques de là-bas croient peut-être qu'il va passer inaperçu ? On veut escamoter Werner et on lui donne une escorte d'honneur pour traverser une ville frontière où trois paires d'yeux sur dix observent ce qui se passe pour le compte de l'ennemi, où il y a des espions jusque dans la division de la police d'Etat ! A la place des responsables, j'aurais aussi commandé une musique.

Krauss

Nous ne les emmenons pas à Diesdorf, Hagen.
Un silence.

Hagen

Tu ne veux pas dire que...

Il s'arrête.

Krauss

Voici les ordres. S'assurer de la personne du traître Franz Werner. C'est fait. Prendre les mesures les plus sévères pour qu'aucune rumeur ne puisse se répandre dans la région au sujet des circonstances et du lieu de son arrestation. Le traître Werner aura été abattu par une patrouille de gardes-frontières sur notre territoire, alors qu'il tentait de gagner la maison Klossowski.

Hagen

Mais les autres ?

Krauss

En même temps que Werner, auront été abattus ses compagnons de fuite, ainsi que les guides. La mesure dont il s'agit concerne toutes les personnes qui auront été trouvées dans la maison Klossowski au moment de l'arrestation de Werner. Toutes. Les corps seront laissés sur place en terrain découvert, aux approches de la ligne de nos postes, en vue des observatoires ennemis, et un détachement ira les relever ouvertement, après le lever du jour, de telle façon que la version officielle de l'incident ne puisse être mise en doute. On m'a donné des hommes sûrs.

Hagen

Je vois que j'avais tort. Nos chefs sont admirables. Ils ont pensé aux moindres détails. Ils ont pensé — ou tu as pensé. Qui faut-il féliciter, Krauss ? Tu savais, bien entendu, ce que tu allais chercher à Diesdorf.

Krauss

La mort de Werner, oui. Celle des autres, non. Mais si l'on regarde les choses en face, il n'y a pas d'autre solution.

Hagen

Il y a toujours d'autres solutions. Je ne suis pas aussi sûr que toi que celle-là soit la bonne.

Krauss

La solution qui nous est donnée par un ordre du parti n'est pas la bonne. C'est la seule. Attention, Hagen !

Hagen

Bien entendu, Saint-Just, bien entendu. Qu'il ne soit plus question de Werner. Qu'il ne soit plus question de ces maladroits qui sont venus ici se placer dans notre ligne de mire, au moment où nous ajustions Werner. Discrétion ! Discrétion ! Quand nous laisserons derrière nous l'aimable société du salon Klossowski, il n'y aura pas de chuchotements dans notre dos, pas de médisances, pas de confidences. Bouches cousues. Sept bouches, sept bouches terriblement bien cousues. Sept visages froids sous les froides étoiles de février, cela doit faire un beau silence.

Krauss

Nous n'avons pas le choix, Hagen.

Hagen

Voyons. Nous avons donc Werner, avec sa tête d'avocat romantique et ses idées de mil huit cent quarante. Il allait livrer à l'étranger les secrets de notre gouvernement. Il n'y a pas de question en ce qui le concerne. Nous avons Catherine Eisenlohr, avec sa coiffure soignée de vierge sage et ses yeux tranquilles. Sa complice, cela va de soi. Nous avons Lise Werner. Exemplaire sans intérêt d'une race en voie de disparition. A propos, sais-tu comment Lise, sur mes bons conseils, a retenu son mari ici assez longtemps pour te permettre de le cueillir ? Le grand jeu, mon cher Krauss. Le grand jeu de la pitié. La pitié, voilà quel a été le défaut de la cuirasse. On prend ceux que l'on veut perdre par l'argent, ou par la vanité, ou par leurs vices. Nous avons pris Werner par la pitié.

Krauss

La pitié est un point faible, comme un autre. Si nos ennemis étaient vraiment sans pitié, il n'y aurait aucune chance pour nous de vaincre. Les civilisations qui pourrissent, pourrissent aussi par la pitié.

Hagen

La vieille comtesse saugrenue... Le jeune homme dont nous ne savons rien, sinon qu'il voulait partir, lui aussi, ce qui n'est pas bon signe. Un étudiant, sans doute, la tête pleine de livres. Il voulait devenir docteur en quelque chose, il pensait qu'il serait agréable de se mettre en ménage avec une petite servante de brasserie à Göttingen ou à Heidelberg. Il rêvait à un avenir, l'imbécile ! Pas d'avenir. Notre ami le passeur. Il ne croyait pas à l'avenir, lui. Un désabusé. Un enfant perdu de cette Europe aux reins cassés qui s'ennuie dans les plaisirs, et jouit de son ennui. Un homme pour lequel le monde nouveau n'a aucune place, rigoureusement aucune. Des hommes, des femmes, cela ? Des hommes et des femmes jetés sans l'avoir voulu dans le féroce univers, avec un peu de vérité dans beaucoup de fatigue, un peu de courage dans beaucoup de peur, un peu d'amour ; avec un portrait d'enfant, une liasse de vieilles lettres, le manuscrit d'un mauvais poème ? Qui tentaient de vivre ? Qui croyaient avoir raison ? Qui cherchaient à faire de leur mieux ? Des déchets. Des rebuts de la forge du monde. Pourquoi auraient-ils une vie ? Pourquoi auraient-ils même un nom ? Des traîtres. Un traître. Un autre traître. Un autre traître. Quatre, cinq, six traîtres. Six. Il me manque quelqu'un. Si quelqu'un allait s'échapper ! Si nous n'avions pas notre compte ! S'il restait un regard, s'il restait une voix ! Victoire ! Nous la tenons. C'est Lydia !

KRAUSS

Ne me parle pas de Lydia.

HAGEN

Lydia est amoureuse de toi, Saint-Just.

KRAUSS

Lydia ne sait pas encore ce que c'est qu'être amoureuse. Il est possible qu'elle se soit un peu intéressée à moi, parce que j'étais là, près d'elle, parce qu'elle a seize ans, parce qu'elle s'ennuie. Demain, ç'aurait été un autre.

HAGEN

Krauss, ami Krauss, ce que tu dis là n'est pas

digne de toi. Tu es un homme sans faiblesse, n'est-il pas vrai ? Tu es d'acier. Tu es de diamant. Tu ne vas pas te chercher d'excuses ? Tu ne vas pas fermer les yeux en pressant du doigt la détente, comme font les mauvais tireurs ? Lydia t'aime. Tu vas la tuer. Voilà tout.

Krauss

Nous ne pouvons faire d'exception pour personne, Hagen. Nous ne pouvons pas épargner Lydia. Nous ne pouvons pas laisser vivre quelqu'un qui ira raconter ce qui s'est passé ici. C'est l'ordre. L'ordre est juste.

Hagen

L'ordre est juste. Lydia t'aime. Tuons Lydia.

Krauss

Crois-tu être le seul ? Crois-tu être le seul à sentir que cela est abominable ? Nous marchons dans le sang, Hagen, nous marcherons dans le sang pendant des années encore. Nous piétinons toute la douleur de l'histoire humaine. Nous devons tuer parce que nous devons vaincre. Les agents de l'ennemi, quand ils doivent s'assurer d'un silence, crois-tu qu'ils hésitent ?

Hagen

Peut-être un peu plus que nous.

Krauss

La victoire est à celui qui hésite le moins. La victoire est à celui qui tire le plus vite. C'est la règle du jeu et nous n'y pouvons rien. Nous n'avons pas choisi ce monde d'esclavage et d'imposture, ce monde de la préhistoire auquel nous essayons d'imposer la volonté de l'homme, la justice de l'homme. Il y a Lydia, et Lydia est une petite fille innocente, et Lydia m'aime. Qu'est-ce que cela peut changer ? Si Lydia ne m'aimait pas, serait-elle moins innocente ? Pourrais-je la tuer avec plus de sérénité ? Il y a Lydia. Mais il y a des milliers d'autres Lydia qui sont mortes, parce qu'elles étaient contre nous, ou parce qu'elles étaient par malchance à l'endroit où l'on se battait, et que les bombes et les balles ne choisissent pas toujours, et nous les avons tuées, parce qu'il nous reste les trois quarts de la terre à délivrer de la servitude, parce que, sur les trois quarts de la terre, des dizaines de millions de Lydia rentrent le soir de l'usine, épuisées, vers une soirée sans espoir, laissent mourir leurs enfants parce qu'on ne leur a jamais appris comment il faut soigner les enfants, se couchent tuées par la faim dans la boue jaune de l'Asie, ou s'offrent sur les boulevards d'Europe au plaisir et au mépris des maîtres qui ont fait d'elles ce qu'elles sont. Je suis le fils d'une prostituée de Stettin, Hagen.

Hagen

Notre vérité, Krauss. Le sens de notre combat. Tout ce que nous avons à faire. Tout ce que nous avons à délivrer. Tout ce que nous avons à venger. Tout ce que nous avons à détruire. J'appelle cela à moi comme tu l'appelles. Comme une femme seule dans la maison appelle son mari en entendant les voleurs. Mais son mari ne viendra pas.

Krauss

Si Lydia vit, elle parle. Si elle parle...

Hagen

Ah non ! Pas cela ! Pas de logique ! Notre logique : une logique d'acier, l'acier de notre logique trouant une poitrine humaine. Crois-tu que je ne le voie pas, le rapport logique ? Un rapport irréfutable, inéluctable. Et pourtant aucun rapport. Tu m'entends. Aucun ! Les chrétiens, eux aussi, disent que l'agonie d'un enfant apporte une contribution au salut de tous les hommes. Du moins ils ne disent pas que cela est logique. Vois-tu, si je suis entré au Parti, c'est parce que j'en avais assez de voir l'espèce humaine, depuis le début de son histoire, aux prises avec son malheur comme un fou aux yeux bandés qu'on aurait armé d'une hache et qui frapperait autour de lui, à tour de bras. Voilà que nous sommes nous-mêmes ce fou dans la nuit, et que, sous la hache, il y a Lydia. A quoi sert notre Révolution, à quoi servons-nous si notre logique devient absurde, si elle n'est plus rien que ce visage sans yeux, une fois encore, le visage de l'aveugle, tâtonnante et furieuse fatalité ?

Krauss

Si nous étions en pleine bataille, Hagen, si cette maison était un observatoire d'où l'ennemi dirigeait son feu sur nos lignes, hésiterais-tu à la détruire ? Te demanderais-tu s'il s'y trouve une Lydia ? Je plains Lydia autant que toi. Je plains Lydia.

Hagen

Vois-tu, je ne crois pas que je plaigne Lydia. Je crois qu'elle me fait peur.

Krauss

Qu'elle te fait peur ?

Hagen

Comment t'expliquer cela ? J'ai lu autrefois — j'étais un enfant — un roman où il était question de je ne sais quelle persécution de chrétiens dans une province romaine. Ce n'était pas un très bon roman, j'imagine, c'était un roman un peu théâtral. C'est peut-être pourquoi j'en ai conservé une image. Les soldats avaient cloué une petite esclave sur une croix où elle était en train de mourir, comme était mort son Christ, comme meurent les éperviers cloués à la porte des granges. D'autres chrétiens, peu à peu, s'étaient rassemblés autour de la croix et restaient là, immobiles. Peut-être aussi des curieux. Alors un homme, un géant, un Goliath chrétien, sortit du cercle. Il empoigna le poteau par la base, le déracina du sol et il se mit en marche, suivi par les autres. Il se mit en marche vers le palais du préfet, ou du proconsul, je ne sais plus. De sorte que, lorsque les soldats du préfet virent avancer vers eux cette foule aux mains nues, qui chantait des hymnes, et en avant de la foule, plus haut que la foule, dressée vers le ciel comme l'enseigne des légions, mais vivante et saignante, une enfant crucifiée, ils jetèrent leurs armes et s'enfuirent. J'ai peur comme eux, Krauss. Je crois que pour moi, maintenant, la petite esclave aura les yeux de Lydia. Voilà... Tu me répondras que mes souvenirs de collège n'ont que peu de chose à voir avec le respect dû à un secret d'Etat, et tu auras raison. Tuons Lydia. Tuons les autres. Il faut ce qu'il faut.

Krauss, *après un silence, allant à la fenêtre.*

Il vaut mieux que cela se passe un peu avant minuit. Le brouillard commence à se lever. Nous n'avons plus beaucoup de temps.

Hagen

Ils n'ont plus beaucoup de temps.

Krauss

Nous nous présenterons au poste de l'Ouest au petit jour. Nous aurons échappé à la fusillade. Ma blessure rend la chose plausible. Ainsi, nous serons les seuls témoins.

Hagen

Krauss, ce que tu vas faire...

Krauss, *doucement.*

Ce que nous allons faire, Hagen...

Hagen

Ce que nous allons faire... Je me demande

quelle tête serait la tienne, s'il te fallait l'annoncer toi-même à Lydia.

KRAUSS

S'il me fallait... ?

HAGEN

Oui, Krauss. Tu n'auras pas à faire la désagréable petite visite du procureur. Moi non plus. Quand ce sera le vilain moment à passer, nous serons loin. Très loin. De grands devoirs nous appellent ailleurs. Je n'en suis pas fâché, toi non plus. Mais imagine...

KRAUSS

Je n'aime pas te voir ainsi, Hagen.

HAGEN, *le prenant par les épaules le tourne vers le mur.*

Voilà, tu es en face de Lydia. Elle était contre ce mur, tout à l'heure, quand je vous ai trouvés ensemble. Elle y est encore. Elle te regarde. Comme elle te regarde avec ses yeux un peu trop grands ouverts de petit chat malade, et sa mèche sur le front ! Elle regarde le blond jeune homme qu'elle aime, le beau Johann — c'est bien le nom que tu lui a donné —, elle le regarde. Comme si elle voulait le prendre tout entier dans son regard pour toujours. Comme elle te regardait. Toi aussi, tu la regardes.

De l'autre côté, derrière eux, Lydia est entrée silencieusement.

Krauss

Ce jeu est horrible.

Hagen

Tu la regardes, et tu parles : « Ma chère Lydia, j'ai quelque chose d'ennuyeux à vous apprendre. Pour des raisons qu'il serait trop long de vous exposer et que vous ne comprendriez pas très bien, je vais vous faire tuer dans un petit moment. » Tu la regardes. Elle te regarde. « On va vous emmener tout à l'heure de cette maison, pour cette formalité qui concerne tout le monde. Avec mes bien vifs regrets. » Tu ne dis rien ? Tu ne veux pas ? Tu ne veux pas lui dire que tu vas la tuer ? Pourquoi ne veux-tu pas le lui dire ?

Lydia, *derrière eux, doucement.*

Pourquoi ne pas le dire, monsieur Johann ?

Ils se retournent.

Krauss

Que faites-vous ici ? Qui vous a permis de venir ici ?

Lydia, *terrifiée.*

On m'a dit que c'était vous qui commandiez... Je ne croyais pas... Je voulais... Je voulais...

Elle s'enfuit.

Hagen

Pardon, Krauss, je suis un imbécile.

SCÈNE III

Une chambre de la maison Klossowski.

Lydia, La comtesse

Lydia

Cette nuit... C'est étrange. Là-bas il y a un poste avec des soldats et puis un village. Là-bas un autre poste et un autre village, et plus loin des centaines de villages, et des centaines de villes, et partout — partout sur la terre — des hommes et des femmes, pour qui cette nuit n'est pas la seule nuit jusqu'à la fin du monde. La nuit de cette maison n'est pas celle des autres. Pour cette seule maison sur la terre il n'y aura pas de matin.

La comtesse

Je suis bonne chrétienne, mais je ne comprendrai jamais que Dieu permette certaines choses. Je vais avoir l'occasion de lui dire ce que j'en pense.

Lydia

Il ne peut sans doute rien empêcher. Comme dans les rêves. Quelqu'un s'approche pour nous tuer, et nous ne pouvons pas fuir, ni nous défendre. Nous n'en avons pas l'idée. Nous sommes prisonniers du sommeil. Rien de tout cela ne peut exister, Comtesse. Rien de tout cela n'existe. Le monde n'est que le rêve de Dieu endormi.

La comtesse

Qu'est-ce que tu me racontes là ?

Lydia

Comtesse, est-ce que je suis vraiment laide ?

La comtesse

Laide ?

Lydia

J'ai cru aujourd'hui que peut-être... J'ai cru... Je n'étais pas assez belle. Il ne me ferait pas tuer si je lui avais paru assez belle. Suis-je vraiment tout à fait laide, Comtesse ?

La comtesse

Ils tuent tout le monde. Je t'ai dit que tu lui plaisais, à ton Johann. Mais ils ne pensent qu'à tuer. Il n'y a que cela qui les intéresse.

Lydia

Ils vont nous tuer cette nuit. C'est pour cela que je voudrais savoir... Je n'avais jamais pensé que je pouvais être assez belle pour plaire à un homme. Seulement ce soir... quand il m'a regardée... Maintenant, bien sûr, il est trop tard.

La comtesse

Voyons, petite Lydia.

Lydia

Il faut que je sache. Si j'avais vécu, est-ce que jamais un homme ne se serait intéressé à moi ? Est-ce que cela aurait été tout à fait impossible ?

La comtesse

Lydia !

Lydia

Il ne faut pas mentir, Comtesse. Une petite fille laide, une petite fille qui n'avait rien à espérer. Une petite fille laide à qui il ne serait jamais rien arrivé, et qui meurt d'une mort qui ne signifie rien, après une vie très courte qui ne signifiait rien. C'est cela que je suis, n'est-il pas vrai ? Vous avez été belle, Comtesse. Des hommes vous ont aimée...

La comtesse

Oui. Pas tout à fait à ma suffisance.

Lydia

Tous ces souvenirs vont être auprès de vous. Vous n'allez pas être seule. Moi, je n'ai pas de souvenirs. Rien n'est jamais arrivé pour moi... Il faut que je sache s'il en aurait été ainsi, de toute façon. Si quelque chose aurait pu être...

La comtesse

Mais tu es jolie, Lydia.

Lydia

Il ne faut pas essayer de me faire plaisir.

La comtesse

Tu es jolie, je te le dis. Les hommes... Tu es très jeune, Lydia...

Lydia

Pas si jeune. Seize ans.

La comtesse

Tu es très jeune... Et puis...

Lydia

Et puis ?

> *La comtesse rejette en arrière les cheveux de Lydia.*

La comtesse

Montre ton visage. On croirait que tu as peur de le montrer. Tu te caches derrière tes cheveux. Tu es comme les petites bêtes farouches qui se glissent le long de l'ombre. Pour être belle, il faut croire qu'on est belle. Il faut s'offrir à la lumière. En dix minutes, je ferais de toi une de ces jeunes filles qui faisaient perdre la tête à tous les attachés d'ambassade, au bal de la Présidence à Varsovie.

Lydia

Faites-moi belle, Comtesse.

La comtesse

Te faire belle ? Mais...

Lydia

Dix minutes, avez-vous dit. Vite, vite. Nous n'avons peut-être pas dix minutes. Je veux être belle. Je veux être belle pour la première fois. Vous ne comprenez pas ? Moi-même, il y a une heure, je ne comprenais rien de la vie. J'attendais. J'avais peur. Je n'ai plus peur de la vie... Je n'ai plus rien à craindre d'elle. Elle est limpide et transparente jusqu'à son fond. Je n'ai plus peur. Faites-moi belle.

La comtesse s'est approchée d'elle et commence à l'arranger.

La comtesse

Attends ! Les cheveux d'abord. Il faut dégager le front. Tu as des yeux immenses. Il ne faut pas qu'ils mangent tout le visage. Le front, les tempes... une nuque si fine. Quand je pense que ce sont ces sauvages...

Lydia

Ils... Ils ne peuvent peut-être pas faire autrement. Il faut essayer de comprendre.

La comtesse

Je ne veux pas les comprendre ! Ces gens-là sont de la racaille. Leurs raisons ne nous intéressent pas. Qu'ils nous tuent ! Ils sont les plus forts. Le cou. Bien sûr, c'est le cou qu'il faut dégager. Tu n'auras pas froid ?

Lydia

Je n'aurai pas froid.

La comtesse

Un peu de rouge. A peine un peu de rouge sous

les pommettes. Les yeux n'ont besoin de rien. Des cils pareils ! A vingt ans, j'aurais vu une fille avec des cils pareils, j'aurais eu envie de la tuer.

Lydia

Vous voyez qu'on peut avoir des raisons.

La comtesse

Voilà. Tiens.
> *Elle donne à Lydia une petite glace.*

Non. Ne regarde pas encore.
> *Elle tire quelque chose de son vêtement.*

Bien sûr, il faudrait une robe. Je n'ai pas de robe pour toi, Lydia. Mais voilà, voilà ce qui manquait à la petite princesse pour paraître à la cour : mes perles de Trébizonde. Quatre rangs de perles roses. Je te les donne.

Lydia

Quatre rangs de perles roses. Je ne veux pas. C'est trop précieux.

La comtesse

Je te les donne. C'est le dernier de mes bijoux. Je pensais le vendre à Paris. Je n'en ai plus besoin... Tu peux regarder maintenant...
> *Lydia se regarde longuement en silence.*

Lydia

Tu es belle, Lydia.
> *Elle souffle légèrement sur la glace.*

Et voilà. Un souffle t'efface. Il n'y a que ce souffle entre la vie et la mort.

Elle essuie la glace.

Adieu, jolie Lydia !

Elle se regarde longuement.

LA COMTESSE

Qu'en dirait-il, ton Johann ? Ton Johann, d'abord, il ne s'appelle pas Johann. Son nom est Lazare, Lazare Krauss. Un nom affreux.

LYDIA, *avec une immense déception.*

Il ne s'appelle pas Johann !

SCÈNE IV

LYDIA, LA COMTESSE, LE POLICIER

LE POLICIER, *paraissant. Brutalement sans les regarder.*

C'est le moment. Debout.

LYDIA

Pourquoi ne pas dire cela un peu plus doucement ?

LE POLICIER, *après un silence, très doucement.*

C'est le moment. Il sera bientôt minuit.

LA COMTESSE

Il va falloir...

Le policier

Oui. Il sera bientôt minuit.

Lydia

Le premier visage d'homme, le premier visage d'homme depuis que je suis belle. Une femme peut voir sa beauté dans les yeux d'un homme, n'est-ce pas ?

La comtesse

Oui, Lydia.

Lydia

Monsieur le Policier, laissez-moi regarder vos yeux.

Le policier

Camarade...

Lydia

Je ne suis pas votre camarade. Je suis Lydia. Ce corps que je touche à travers cette robe, c'est Lydia, c'est moi. Moi : quel drôle de mot !

La comtesse

Lydia, ma petite enfant.

Lydia

Cette main, c'est Lydia. Voyez, je plie et je déplie un doigt, puis un autre, et encore un autre. J'ouvre la main, je la referme. Lydia. C'est une chose étrange d'être moi. C'est une chose étrange d'être vivante.

La comtesse

Les autres attendent, Lydia. Il ne faut pas les faire attendre.

Lydia

Monsieur le policier, est-ce vous qui allez me tuer ?

Le policier

Qui vous parle de vous tuer ? On... On vous emmène à Diesdorf. C'est tout.

Lydia

Répondez-moi. Est-ce vous ?

Le policier

Je n'ai rien à vous dire.

Lydia

Ne craignez rien. Je ne pleurerai pas. Je chanterai peut-être un peu dans l'obscurité, dehors, parce que j'aurais un peu peur, comme je faisais tout enfant, lorsque je revenais de l'école, l'hiver.

Le policier

Aucun bruit ne sera toléré hors de cette maison.

Lydia

Je ne chanterai pas. Le premier visage d'homme... Comment vous appelez-vous ?

Le policier

Mon nom est Lamers. Johann Lamers.

Lydia

Johann ! Vous avez dit Johann ?

Le policier

Johann Lamers.

Lydia

Vous vous appelez Johann. Vous êtes blond. Vous êtes mince, assez grand, avec des yeux presque violets, et des ombres sous les pommettes. Vous avez vingt-six ans. Ne protestez pas. Je n'ai pas dit que vous vous appeliez Siegmund, ou Galaad, que vous étiez un prince, que vous aviez un faucon sur le poing. Je ne suis pas romanesque. Vous vous appelez Johann. Vous êtes mon amant. Le premier homme et le dernier. Ne faites pas cette tête-là, monsieur le policier. Vous allez me tuer. Je peux bien me moquer un tout petit peu de vous.

Le policier

Lydia, petite Lydia.

Lydia

Vous allez me tuer, n'est-ce pas ? Je veux que ce soit vous. Je... Je vous le demande, Johann. Quand nous marcherons, là, sur le chemin, sans rien dire, et que ce sera le moment, vous vous approcherez de moi très doucement, et vous tirerez sans m'avertir. Je crois que vous tirez dans la nuque. Voyez. Est-ce que c'est bien ainsi ? La coiffure a dégagé la nuque. Je pense que c'est une chance.

Le policier

Il n'est pas question de cela.

ACTE III - SCÈNE IV

LYDIA

Ne mentez pas. Cette catastrophe qui s'abat, ce craquement de tonnerre, cette grande lueur, et l'on tombe on ne sait où, et le monde s'évanouit, c'est peut-être quelque chose qui ressemble à l'amour. Vous me tuerez. Dites : oui.

LE POLICIER

Oui.

LYDIA

Merci, Johann. Merci, mon amour. Mon amour, est-ce que je suis belle ?

LE POLICIER

Vous êtes belle...

LYDIA

Lydia.

LE POLICIER

Vous êtes belle, Lydia.

LYDIA

Je suis belle. Vous m'aimez, Johann ? Vous avez... envie de moi ?

LA COMTESSE

Lydia, vous êtes tout à fait folle.

LYDIA

Avez-vous envie de moi, Johann ?

Le policier garde le silence.

LYDIA, *avec un petit rire.*

Je crois que vous avez surtout une grande envie d'être n'importe où ailleurs, monsieur le policier.

Très grave de nouveau.

Johann, si j'étais nue devant vous, vous seriez content de me prendre dans vos bras ?

LE POLICIER, *dans un souffle.*

Oui.

LYDIA

Vous seriez content de faire l'amour avec moi ?

LE POLICIER, *de même.*

Oui.

LYDIA

Embrassez-moi, Johann.

Le policier hésite, puis s'approche et lui baise très doucement la tempe.

Voyons, ce n'est pas ainsi qu'on embrasse la femme qu'on aime. Je suis votre maîtresse, Johann, votre maîtresse qui va mourir.

Le policier hésite encore.

Voyez, je ferme les yeux.

LE POLICIER, *avec une sorte de fureur.*

Bien sûr, vous fermez les yeux. Je suis Lamers Johann, matricule 218 du Service de sécurité, et j'ai quarante-huit ans.

LYDIA

Le seul baiser, le seul baiser d'homme, le seul baiser que j'aurai jamais, Johann !

ACTE III - SCÈNE IV

LE POLICIER

Ce baiser ne serait pas celui de votre Johann. Je crois bien qu'il serait celui du policier Lamers. Je n'y peux rien.

LA COMTESSE

Il a raison, Lydia.

LYDIA

Un rêve... Peut-être, en effet, cela vaut-il mieux.
Un silence. Elle regarde le policier.
Maintenant, écoutez-moi.

LE POLICIER

Je vous en prie !

LYDIA

Ecoute-moi, Johann. Tu vas t'en aller vers des jours de vie, des années de vie. Je veux que tu m'emmènes avec toi, je veux vivre avec toi toute cette éternité de vie. Tu le veux bien ? Je ne suis pas bien encombrante.

LE POLICIER, *d'une voix neutre.*

Je ne peux pas.

LA COMTESSE

Bien sûr, il ne peut pas. Il a des ordres. Sois raisonnable.

LYDIA

Ne craignez rien, monsieur le policier Lamers. Je ne vous demande pas de désobéir aux ordres. Prends, Johann !

Elle lui met la petite glace dans la main.

Le policier

Mais...

Lydia

Je te donne Lydia. Elle est à toi maintenant pour toujours. Il ne faudra jamais rouvrir cette petite boîte. Jamais, tu m'entends ? J'y ai enfermé le visage de Lydia. Un reflet qui meurt sous le souffle, un reflet qu'un autre reflet ferait mourir. Un reflet très fragile. Le visage que j'ai eu pour toi, Johann, mon amant. Le visage que j'ai eu pendant le moment où j'ai été belle. Tu le garderas ? Une petite glace dans la poche du policier Lamers, ce n'est pas compromettant. Tu me garderas, Johann ?

Le policier

Jusqu'à ma mort, je pense.

Lydia

Jusqu'à ta mort ? C'est vrai ! Il y aura un jour qui sera le jour de la mort, pour toi aussi ! Mais c'est si loin. Des jours, des jours jusqu'à ce jour-là, des millions de jours. Tu es immortel. Johann... Je pense qu'il faut partir, maintenant.

Le policier

Il faut.

La comtesse

Allons, petite fille ! (*Elles vont vers la porte. Le policier reste un moment sur place.*) Alors ?

Le policier ne bouge toujours pas.

Lydia, *gentiment.*

Allons, monsieur le policier Lamers, un peu de courage !

SCÈNE V

Une autre chambre de la maison.

Lise, Catherine, Werner, Un garde,
puis Krauss, Hagen, Le lieutenant, Gardes

> *Catherine et Werner sont debout enlacés, leurs deux visages très rapprochés l'un de l'autre. Ils se regardent sans parler, comme si le reste du monde n'existait pas pour eux.*

Lise, *maintenue par le garde.*

Franz ! Ce n'est pas moi ! Je te jure que ce n'est pas moi. Tu vois bien que je ne suis pas avec eux. Tu vois bien qu'ils vont me tuer, moi aussi. Ce n'est pas moi qui les ai fait venir. Je voulais partir. Je voulais partir avec vous. Non ! Ne la regarde pas ainsi. C'est moi qu'il faut regarder. C'est moi qui suis ta femme, ta femme qu'ils vont tuer à cause de toi ! Dis-moi un mot. Dis-moi mon nom. Dis-moi une fois seulement mon nom ? (*Catherine et Franz se sont rapprochés encore l'un de l'autre, ils ne se regardent plus. Leurs têtes sont l'une contre l'autre et ils ont tous deux fermé les yeux comme s'ils attendaient quelque chose ensemble.*) Franz ! (*Werner chancelle légèrement. Catherine le serre plus fort, comme si elle avait ressenti cette défaillance dans son propre corps, sans rouvrir les yeux. Krauss, Hagen et le lieutenant apparaissent à la porte.*) Franz ! (*Catherine lutte deux secondes pour soutenir Franz, et puis, d'un seul coup, ils tombent tous deux ensemble, toujours enlacés et restent étendus, immobiles. Lise se jette sur eux. essaie de séparer ces deux corps unis.*) Moi ! Moi !

Le lieutenant et un garde la relèvent sanglotante, l'écartent. Krauss s'approche des corps, avec Hagen et le lieutenant. Le garde maintient Lise qui pleure, la tête dans les mains.

Krauss

Evidemment, ils avaient ce qu'il fallait sur eux.

Hagen

Ils ont voulu échapper à la prison, aux interrogatoires, à la longue attente. Ils étaient mal informés.

Krauss

Vous emporterez les deux corps en emmenant les prisonniers. Vous les déposerez... auprès des autres.

Hagen

Il faudra penser à trouer un peu les morts quand vous aurez troué les vivants, pour la vraisemblance. (*Il va vers Lise et le garde.*) Vous pouvez la lâcher.

Lise

Ils sont... ?

Hagen

Oui.

Lise

Il n'avait plus rien à partager que sa mort, et c'est avec elle qui l'a partagée. Oh ! Ludwig !
> *Elle se jette sur lui, la tête contre son épaule.*

Hagen

Allons, Lise !

Lise

Tenez-moi, tenez-moi bien fort. Ne me lâchez plus jamais.

Hagen

Oui, Lise. Je suis là.

Lise

Ils vont nous tuer, n'est-ce pas, Ludwig ? C'est cela, c'est cela dont j'ai toujours eu peur. Tout enfant, je voyais déjà cela dans mes rêves. Des hommes qui m'emmenaient en prison. Je me réveillais et je criais. Je criais parce qu'ils m'emmenaient toute seule. Vous n'allez pas vous laisser séparer de moi. Je n'ai que vous. Je n'ai plus que vous. Il faut quelqu'un qui soit avec moi. Tout est trop difficile si je suis seule.

HAGEN

Krauss, tu es bien vengé.

LE LIEUTENANT, *essayant d'arracher Lise à Hagen.*

Allons ! Assez !

LISE, *dans un cri terrible.*

Non !

HAGEN

Laissez-la.

LE LIEUTENANT

Camarade Hagen, c'est moi qui ai la responsabilité des prisonniers.

HAGEN

Rassurez-vous. On ne vous les volera pas.

LE LIEUTENANT

Il s'agit d'une ennemie de l'Etat et vous le savez mieux que personne, puisque...

HAGEN

Taisez-vous...

LE LIEUTENANT

... puisque c'est grâce à vous que nous la tenons.

LISE, *se rejetant en arrière.*

Qu'est-ce qu'il dit ?

Hagen

Rien, Lise, rien.

Lise

Qu'est-ce qu'il dit ? Pourquoi n'étiez-vous pas là-haut avec nous, Ludwig ?

Krauss

Hagen, cette scène a assez duré, et je te conseille d'y mettre fin.

Lise

Vous lui... Ludwig, pourquoi n'étiez-vous pas avec nous ? Pourquoi ne vous ont-ils pas arrêté ? Est-ce que... (*Elle s'arrête.*) Vous... Vous vouliez partir avec moi. Vous vouliez vivre avec moi. Vous me l'avez dit. Redites-le. Vous n'osez pas. Vous êtes un lâche. Vous leur avez fait croire que vous travailliez pour eux, n'est-il pas vrai ? Et ils vous ont cru, et vous allez me laisser... Non ! Ne sentez-vous pas que ce n'est plus possible ? Ne voyez-vous pas que j'ai besoin de vous pour ce qui va arriver maintenant ?

Krauss

Il faut lui dire la vérité, Hagen.

Hagen

Tais-toi.

Krauss

Lise Werner, le camarade Hagen est ici avec moi en mission spéciale. Notre tâche était d'empêcher le traître Werner et ses complices de passer la frontière. Il n'y a aucune place dans cette affaire pour la sentimentalité.

Lise

Ludwig, vous avez fait cela ? (*Silence.*) Vous m'avez menti ! (*Silence.*) Il y avait donc quelque chose de pire ? (*Silence.*) Hé bien ! Regardez-moi. Regardez l'idiote qui a cru que quelqu'un pouvait l'aimer. Riez. C'est si drôle. L'idiote qui vous a cru. (*Silence. Deux policiers la prennent par les bras.*) Non ! Je ne veux pas qu'ils me tuent. Je ne veux pas qu'ils me mettent en prison toute seule. Je n'ai jamais existé pour personne. Je n'ai jamais existé pour personne. (*Ils commencent à l'entraîner.*) Ludwig !

Hagen

C'est assez. Arrêtez-moi.

Silence et surprise générale. Lise continue à sangloter doucement.

Je suis complice de cette femme. Je suis coupable de trahison envers la République populaire et de tentative de fuite à l'étranger. Arrêtez-moi.

Krauss

Tu es devenu fou, Hagen ?

Hagen

Je t'ai dit que j'allais essayer de retenir Werner et sa femme ici en attendant ton retour. C'était faux. Je voulais t'éloigner, me débarrasser de ta

ACTE III - SCÈNE V

surveillance et passer à l'étranger avec Lise Werner. Vous êtes revenus un peu trop tôt, voilà tout. Lise, vous m'entendez ?

Lise s'est arrêtée de pleurer et a relevé peu à peu la tête.

Lise

Ce n'est pas... Ce n'est pas possible ?

Hagen

Lise, pardonnez-moi. Quand ils sont revenus, j'ai eu peur, je n'ai pas osé leur dire... Maintenant, je suis avec vous quoi qu'il arrive. Lise, je suis avec toi.

Lise, *se jetant sur sa poitrine.*

Ludwig, Ludwig, mon chéri !

Krauss

Hagen, veux-tu me dire ce que signifie... ?

Hagen

Je suis avec elle. Avec elle et contre vous. Hé bien ? Tu ne me fais pas arrêter ? Camarade lieutenant, je crois que le camarade Krauss est dans les nuages. (*Le lieutenant interroge Krauss du regard.*) Vite, Lise, venez !

Il l'entraîne vers la porte comme pour tenter de fuir avec elle. A peine ont-ils fait un pas qu'ils sont immobilisés.

Krauss

Hagen, tu as ce que tu voulais. (*Aux autres.*) Il

rendra compte de son attitude devant le Tribunal du peuple. Vous l'enfermerez avec les autres.

Le lieutenant

Avec la femme ?

Krauss

S'il y tient.

Lise

Ludwig, je crois que, s'ils nous tuent, je ne serai pas trop lâche.

SCÈNE VI

La salle principale de la maison.

Krauss, Hagen, Le lieutenant

Krauss

Laissez-nous. Vous n'avez pas retrouvé celui qui se fait appeler Adler ?

Le lieutenant

Pas jusqu'à présent.

Krauss

Il nous faut cet homme, vous m'entendez. S'il peut gagner le poste de l'Ouest, tout est perdu.

Le lieutenant

Sous ma responsabilité.

Il sort.

SCÈNE VII

Krauss, Hagen

Krauss regarde un moment Hagen en silence.

Krauss

Prendre le parti d'un adversaire au milieu du combat, déserter au milieu du combat, c'est le signe d'un état d'esprit. Tu n'es plus avec nous, Hagen. Qu'est-il arrivé ?

Hagen

Un enfant se noie. On plonge, et pourtant la force du courant est mortelle, et on le sait. Quelque chose dans l'homme de plus fort que l'homme... On n'a pas pu faire autrement, voilà tout.

Krauss

La charpente d'un militant aussi solide que toi ne craque pas en deux minutes. Il y avait quelque chose de pourri en toi. Il y a eu des témoins, Hagen.

Hagen

Il y a eu des témoins. Quand tu voudrais me sauver, tu ne le pourrais pas. Tu deviendrais seulement mon complice. Rien à faire.

Krauss

Je ne pense pas à te sauver.

Hagen

Saint-Just, voilà comme je t'aime.

Krauss

J'aurais dû prévoir. Il y a eu faute aussi de ma part. Je signalerai aussi ma faute.

Hagen

Tu aurais dû prévoir ?

Krauss

Ce fléchissement en toi, cette fatigue...

Hagen

Ah oui ! Ce que je t'avais dit au sujet de Lydia ?

Krauss

Cela, et bien d'autres signes plus anciens, qui n'avaient pas échappé à nos chefs. Oh ! tu faisais bien ton travail. Mais tu avais pris à l'égard de ce qu'il t'imposait je ne sais quelle distance. Ce refus d'être dupe. Nous ne sommes pas des cyniques, Hagen. Tu buvais un peu trop, aussi.

Hagen

A propos, on peut boire ?

Krauss

Oui.

Hagen, *se servant*.

Toi aussi ?

Krauss

Non.

Hagen

Il est dit que nous ne trinquerons jamais ensemble.

Il boit.

Krauss

Tu ne t'es pas assez méfié de ton ironie. L'homme qui se moque de lui-même est déjà un homme qui doute. Tu avais ouvert ta garde. Il a suffi d'une seconde pour que tu sois frappé au cœur. Tu avais commencé à croire que tu te devais quelque chose à toi-même. Tu n'étais plus un homme sûr.

Hagen

Si je n'étais plus un homme sûr, pourquoi m'envoyait-on à l'étranger ?

Krauss

On t'y envoyait sous ma surveillance.

Hagen

Ah oui ! C'était une épreuve ?

Krauss

A peu près.

Hagen

Et pour m'observer on avait choisi mon meilleur ami ?

Krauss

Pour te donner confiance.

HAGEN, *après un silence.*

Ce n'était pas un mauvais choix. Tu étais l'homme qu'il fallait.

KRAUSS

Je n'en suis pas sûr.

HAGEN

Pourquoi ?

KRAUSS

A l'étranger, il m'était conseillé de t'exposer à certaines tentations. Je crois que j'aurais, au contraire, essayé de les éloigner de toi. Je crois que j'aurais essayé de te préserver.

HAGEN

Pourquoi ?

KRAUSS

Parce que je t'aimais bien.

HAGEN

Moi aussi, je t'aimais bien, Krauss. A ta santé. (*Il boit.*) Evidemment, je ne peux pas te demander de boire à la mienne.

KRAUSS

Il y a quelque chose que je ne puis m'expliquer, Hagen. Que tu aies pu... aimer cette femme, l'aimer au point de te renier pour elle, de te perdre pour elle.

HAGEN

Moi ? Aimer Lise ? Tu es fou ?

Krauss

Tu avais projeté de fuir avec elle.

Hagen

Que cet excellent alcool occidental se métamorphose en vitriol si j'aie jamais eu cette idée.

Krauss

Ainsi, tout était faux ?

Hagen

Bien sûr, tout était faux. J'avais été un très honnête militant, Krauss. Je m'étais servi d'elle. J'avais retenu Werner ici, jusqu'à ton retour. Du beau travail. Seulement, il s'est passé ce que je n'avais pas prévu.

Krauss

Ce que tu n'avais pas prévu !

Hagen

Ce désespoir insoutenable — ridicule aussi. Ridicule et insoutenable. Cette femme délaissée et dédaignée qui avait cru pendant un moment qu'enfin quelqu'un dans le monde s'intéressait à elle, et qui apprenait en même temps qu'elle avait été jouée et qu'elle allait mourir. Qu'elle allait mourir dans l'indifférence infinie de l'Univers, seule, comme si elle était le seul être vivant au monde, après avoir vécu en vain.

Krauss

C'est le spectacle qu'elle t'a donné qui t'a fait

te jeter vers elle. C'est sa lâcheté, ce n'est pas sa souffrance.

Hagen

C'est bien possible. Ceux qui meurent courageusement rendent évidemment la tâche des bourreaux plus facile. C'est leur dernière politesse.

Krauss

En somme, tu n'es pas un traître. Mais tu as déclaré publiquement que tu étais un traître. Pour toi, il y a une différence. Pour les autres, non.

Hagen

Il n'y a pas de différence ! J'ai trahi. J'ai trahi. Une fausse trahison fait un vrai traître, si elle est avouée.

Krauss

Es-tu même certain qu'elle t'ait cru ?

Hagen

Un mensonge signé de ma mort, il faut bien qu'elle le croie. Tu n'as pas vu la transformation de son visage, lorsque j'ai parlé ? Je crois qu'elle va mourir plus heureuse qu'elle n'a été dans toute sa vie, plus vivante qu'elle n'a été dans toute sa vie : et il me semble que je suis moi-même assez heureux.

Krauss

Avoir fait cela pour une femme qui t'était indifférente...

Hagen

Je l'ai fait. Je l'ai fait parce qu'il fallait en finir.

D'une manière ou d'une autre. Je ne pouvais plus supporter cela, voilà tout. Je crois que j'aurais aussi bien pu la tuer. Vois-tu, Krauss, je te ferais rire si je te disais que tout cela est arrivé à cause d'un taureau.

Krauss

Quoi ?

Hagen

D'un taureau. D'un pauvre imbécile de taureau. J'ai peut-être encore le temps de te raconter cette petite histoire. Oui ? Bien ! C'était pendant le deuxième été de la guerre d'Espagne, à Valence. Pour se distraire de la mort des hommes, on avait la mort des taureaux. Ce jour-là, le taureau de la troisième course n'était pas un taureau très brave. Il n'avait pas envie de se battre. Il avait envie de s'en aller. Il ne comprenait pas ce qu'il avait à faire sous ce soleil sans pitié, dans ce cercle fermé autour de lui comme un piège, dans cet anneau de cris inexorables. Il était affolé parce qu'on lui voulait du mal. Il tournait, il tournait, son gros front poussait les planches, cherchait une planche qui fût plus pitoyable, qui fléchît. Je te l'ai dit, c'était un imbécile. Pas de remède, pas de refuge, pas de repos. Cela lui semblait absurde. Il avait fui devant les cavaliers et les piques. Il avait fui devant les aiguilles de feu des banderilles. Il avait fui devant le mal qui règne sur le monde. Il avait fui devant l'homme à l'épée et devant ce ridicule adversaire, l'homme à l'épée était lui-même de plus en plus ridicule, ne sachant que faire de sa bravoure sans danger. Maintenant, il ne pouvait plus fuir. Il était harassé, hébété, immobile ; et il fallait bien en finir avec ce crétin qui ne jouait pas le jeu, qui ne voulait pas être un héros. Il fallait bien le tuer, au milieu des quolibets, des injures, comme on chasse un mauvais acteur. Alors l'homme — il s'appelait Escudero — vint tout près de cette tête qui tombait presque jusqu'à terre, de cette nuque offerte au couteau, de cette bête qui reprenait un peu de souffle, qui respirait cet instant de répit tombé sur elle comme une grâce. Sans aucune prudence — il n'y avait pas besoin de prudence — il fit passer l'épée dans son poing gauche et il se pencha pour flatter ce mufle inoffensif. Une petite caresse négligente, comme pour dire : « Ce n'est qu'un veau. » Alors le taureau releva sa tête, lentement, elle était très lourde, cette tête, et il lécha cette main, cette première main qui ne le torturait pas. Ce fut un hurlement de joie tout autour de l'arène. On trépignait. On jetait en l'air les chapeaux. La bonne farce ! Jamais on n'avait rien vu d'aussi drôle. C'est alors, dans l'éclat de ces milliers de rires, c'est alors que l'épée frappa.

KRAUSS

Hé bien ?

HAGEN

Moi aussi, comme l'autre vers son taureau, je suis allé vers Lise, vers cette petite vie en déroute, harcelée par un mal incompréhensible ; et j'ai eu son humble gratitude, son sourire timide et tremblant. Elle aussi, elle a cru que la main qui s'approchait d'elle lui apportait la première douceur du monde, et c'était la main de son exécuteur. Quand tu as parlé, Krauss, j'ai reçu son regard dans mon regard. Elle aurait pu faire l'économie du reste. Ce regard... Il n'y avait plus que lui. Tu vois. C'est bien à cause du taureau. Je ne sais pas si tu es tout à fait convaincu par mes explications. Je ne te souhaite pas de l'être.

KRAUSS

Pourquoi ?

HAGEN

Parce que si tu sentais ce que j'essaie de te faire sentir, tu ne serais pas loin d'être un homme perdu, mon petit ange. Un traître, comme moi. La pitié, Krauss, la terrible pitié. Tu crois que c'est une femme à la larme facile. C'est un athlète aux doigts de fer dont la main se noue à ta gorge, et te voilà terrassé. Un homme peut toujours s'arranger avec sa propre souffrance, s'il est un homme. Mais avec la souffrance de l'Univers, avec la souffrance des enfants et celle des bêtes, avec cette souffrance sans limites, sans repos, sans répit ? La pitié ne peut s'arrêter nulle part, Krauss, ou elle n'est pas la pitié. La pitié — je ne te souhaite pas de la connaître. Celui sur qui elle a posé sa griffe en est possédé pour toujours. Vois-tu, je pourrais demander qu'on me donne une nouvelle chance, si j'avais été seulement un lâche — un moment de lâcheté, cela se surmonte. Mais je sais que je ne résisterai pas demain au regard d'une autre Lydia, au regard d'une autre Lise. Je suis un homme fini, comme on dit. Fini pour vous.

Krauss

Nous travaillerons sans toi, Hagen. Nous savons que la route est âpre et sanglante. Nous savons qu'il faut être durs. Nous serons durs, pour construire un monde où ta pitié sera inutile.

Hagen

La souffrance de la terre n'aura pas de fin, Krauss. Pas de fin jusqu'à la dernière angoisse du dernier des vivants, seul en face de sa mort. C'est la vie qui est cannibale, et qui se nourrit de vie. Bien sûr, il fallait tuer Lydia. Bien sûr, il y aura toujours des hérissons écrasés par nos convois victorieux. Il y aura toujours des captifs murés vivants dans les remparts de Ninive. Prends garde à la pitié, Krauss, prenez garde à la pitié. Si jamais vous entendez chuchoter en vous cette voix des profondeurs, étouffez-la, bâillonnez-la de vos deux mains. Elle s'élèverait en tempête et balaierait l'empire des hommes. Maintenant, que fais-tu de moi ?

Krauss

Ce que tu ferais à ma place.

Hagen

Je crois qu'il m'est à peu près indifférent de

ACTE III - SCÈNE VII

disparaître de ce monde. Mais je crains que les... formalités ne soient interminables.

KRAUSS, *après une hésitation*.

Hagen, je ne crois pas qu'il y ait pour toi un procès public. Tu sais qu'on veut faire le silence sur toute cette affaire. Il me semble que je peux sans inconvénient t'offrir une autre solution.

HAGEN

Une autre solution...

KRAUSS

Le chemin est long d'ici à Diesdorf. La nuit est sombre. Il serait assez naturel que tu cherches à t'enfuir.

HAGEN

Toi, Krauss, tu me proposes de fuir ?

KRAUSS

Je te propose de chercher à fuir.

HAGEN

Ah oui ! Abattu au cours d'une tentative d'évasion.

KRAUSS

Je ne peux faire plus, Hagen.

HAGEN

C'est déjà plus que je ne puis accepter, ami Krauss. Tu me feras remettre à la police d'Etat à Diesdorf. J'ai commis une faute grave. Je tiens à rendre des comptes. Nous avons accepté une fois pour toutes de payer nos erreurs de nos personnes. C'est notre honneur de militants. J'y ajoute peut-être, pour ma part, le vain souci d'élégance que tu me reprochais tout à l'heure : ma coquetterie. Maintenant, il faut nous quitter. Le problème est de savoir avec quels mots nous quitter. Adieu, c'est un peu théâtral. Moi, je peux te dire : bonne nuit.

KRAUSS

Non, Hagen.

HAGEN, *riant*.

Attention, Krauss. Je crois que tu vas t'attendrir. (*Ils se regardent. Hagen pose un instant la main sur l'épaule de Krauss, puis s'écarte. Krauss reste immobile.*) Les policiers vont m'emmener en même temps que les condamnés, naturellement.

KRAUSS

Oui.

HAGEN

J'assisterai à l'exécution ?

KRAUSS

Oui. Pourquoi ?

HAGEN

J'aimerais être près de Lise Werner jusqu'au bout. J'aimerais qu'elle puisse croire que je vais mourir avec elle. Un dernier mensonge.

KRAUSS

Si tu veux, Hagen.

HAGEN, *qui allait sortir, revient.*

Krauss, même Lydia ?

KRAUSS

Même Lydia.

Hagen sort.

SCÈNE VIII

KRAUSS, LE LIEUTENANT, ADLER

Krauss est seul. Le lieutenant entre avec Adler.

LE LIEUTENANT

Nous l'avons retrouvé.

KRAUSS

Où s'était-il caché ?

LE LIEUTENANT

Au fond du jardin. Un de nos hommes l'a cueilli comme il se sauvait. Ce qui est curieux..., il s'était trompé. Il fuyait vers l'Est, vers notre frontière. (*Il rit.*) Dans les ambassades où ils s'occupent des traîtres, ils devraient leur donner des boussoles.

KRAUSS

Vers l'Est ? Vous l'avez fouillé ?

LE LIEUTENANT

Oui. Pas de papiers, naturellement. Ceci...
Il jette un petit livre sur la table.

Krauss, *a regardé le livre.*

Tu es prêtre. Réponds. Si tu es prêtre, tu n'as pas le droit de mentir.

Adler

J'ai le droit de me taire.

Krauss

Tu es étranger. Tu es prêtre. Si tu en avais assez de la République orientale, tu pouvais te faire rapatrier par tes diplomates. Pourquoi partais-tu en fraude ?

Adler

Je ne partais pas. J'arrivais.

Krauss

Tu arrivais ?...

Adler

J'allais chez vous.

Krauss

Comme un espion ?

Adler

Comme un voleur. Peut-on venir autrement.

Krauss

Tu savais ce qui t'attendait.

Adler

Je sais ce qui m'attend.

Krauss

En somme, mission de propagande.

Adler

Si vous voulez.

Krauss

Mais tu ne pouvais donc pas rester tranquille ? Tu ne pouvais donc pas rester chez toi ?

Adler

C'est le mot. Je ne pouvais pas.

Krauss

Ils sont nombreux, ceux qui font ce que tu fais ?

Adler

Moins qu'il ne faudrait.

Krauss

Mais croyez-vous que nous allons vous laisser faire, imbéciles ? Croyez-vous que les hommes de chez nous vont joindre de nouveau les mains, comme des esclaves, pour que vos maîtres y passent des chaînes ? Vous venez leur parler de l'Enfer ? L'Enfer est derrière eux. Vous venez leur dire que le malheur de leur condition est sans remèdes, et ils ont choisi de le vaincre. Vous venez leur dire qu'un Dieu est mort pour eux, et ils ont décidé de ne laisser ce soin à personne. Vous venez avec votre pitié, votre sale pitié qui se gagne comme une maladie. Ils n'ont plus besoin de pitié.

Adler

Ils ont besoin d'avoir pitié.

Krauss

Il y a encore assez de coins du monde où la

peine des hommes est absurde et sans remède. Que venez-vous faire, là où elle a trouvé un sens ? (*Un papier s'est échappé du livre.*) Qu'est-ce que cela ?

Adler se tait.

KRAUSS, *lit lentement, d'une voix neutre.*

« Dieu a voulu être Sacrificateur et Victime en sa seule Personne pour être, jusqu'à la fin des temps le seul Sacrificateur et la seule Victime, seule victime en toutes les victimes, seul humilié en tous les humiliés, seul supplicié en tous les suppliciés. Pour que tout autre sang répandu sur la terre fût désormais son sang répandu. Pour que son sacrifice fût désormais le plus grand sacrifice humain, le seul et le dernier. »

ADLER

Dieu meurt avec chaque homme qui meurt, tous les jours, à chaque minute. Il faut bien que le prêtre soit auprès de son Dieu et l'assiste dans la mort. On meurt beaucoup chez vous.

KRAUSS

La douleur ! La douleur ! Elle est votre citadelle ! C'est en elle que vous vous sentez forts. Quand vous aurez été chassés de toute la surface de la terre, c'est sur ses tours que vous placerez vos sentinelles, vos veilleurs de l'éternité. Ah ! comme vous avez besoin d'elle !

ADLER

Vous voulez que tout homme ait sa juste part

de la richesse et de l'espoir du monde. C'est une grande entreprise. Mais quand vous en serez venu à bout, vos citoyens heureux et libres sur une terre heureuse et libre seront encore seuls. Ils auront encore froid.

Krauss

Ecoute bien, curé. Ce masque de douleur que ta religion a posé sur la face humaine, sur la face de la confiance dans l'homme et de l'orgueil d'être homme et de la joie d'être homme, nous l'avons assez vu, nous l'avons assez vu depuis deux mille ans, et il faut maintenant qu'il tombe, et nous l'arracherons, entends-tu, et nous avons déjà commencé de l'arracher.

Adler

Vous arrachez le visage.

> *Des pas dans l'escalier. On entend la voix de Lydia, très douce, un peu impersonnelle.*

Lydia

J'ai mis ma robe de soleil,
Et le ciel, sa robe d'automne.
Qui du ciel ou de moi se trompe ?
Vient-il ? Vient-il, mon bien-aimé ?

Une voix, *rudement.*

Silence !
> *Les condamnés apparaissent l'un après l'autre et sortent. Un policier attend Adler.*

ADLER

Je crois que c'est le moment.

Il va pour sortir.

KRAUSS

Un instant, curé. Ton nom ?

ADLER

Pourquoi mon nom ?

KRAUSS

Pour mon rapport.

ADLER

Je m'appelle Lazare.

Il sort. Krauss reste seul en scène, immobile.

Rideau.

TABLE

La politique ou la pitié ? 7
LA MAISON DE LA NUIT 59
    Acte I 63
    Acte II 111
    Acte III 171

DU MÊME AUTEUR

Aux Éditions Gallimard

LA CRISE EST DANS L'HOMME, *essai*.

NIETZSCHE, *essai*.

RACINE, *essai*.

MYTHES SOCIALISTES, *essai*.

AU-DELÀ DU NATIONALISME, *essai*.

INTRODUCTION À LA POÉSIE FRANÇAISE, *anthologie*.

LECTURE DE PHÈDRE, *essai*.

VIOLENCE ET CONSCIENCE, *essai*.

LE PROFANATEUR, *théâtre*.

LA FACE DE MÉDUSE DU COMMUNISME, *essai*.

JEANNE ET LES JUGES précédé de UN PROCÈS D'ABJURATION, *théâtre*.

LA MAISON DE LA NUIT précédé de LA POLITIQUE OU LA PITIÉ, *théâtre*.

LA DÉFAITE D'ANNIBAL suivi de LA VILLE AU FOND DE LA MER, *théâtre*.

LES VACHES SACRÉES, *essai*.

L'ÉTRANGETÉ D'ÊTRE, 1977-1979 (LES VACHES SACRÉES, II), *essai*.

LE SOIR DU CONQUÉRANT suivi de CELUI QUI N'AVAIT RIEN FAIT, *théâtre*.

LE DIEU MASQUÉ, 1980-1984 (LES VACHES SACRÉES, III), *essai*.

LES MATINS QUE TU NE VERRAS PAS (LES VACHES SACRÉES, IV), *essai*.

*Reproduit et achevé d'imprimer
par l'Imprimerie Floch
à Mayenne, le 9 décembre 1991.
Dépôt légal : décembre 1991.
Numéro d'imprimeur : 31619.*
ISBN 2-07-072574-X / Imprimé en France.

54491